吉狄马加诗歌对话集

与群山一起聆听

吉狄马加 著

江苏凤凰文艺出版社
JIANGSU PHOENIX LITERATURE AND ART PUBLISHING, LTD

图书在版编目（CIP）数据

与群山一起聆听 / 吉狄马加著. — 南京：江苏凤凰文艺出版社，2018.8

ISBN 978-7-5594-2605-5

Ⅰ. ①与… Ⅱ. ①吉… Ⅲ. ①诗学—文集 Ⅳ. ① I052-53

中国版本图书馆 CIP 数据核字（2018）第 171792 号

书　　名	与群山一起聆听
著　　者	吉狄马加
责任编辑	于奎潮　王娱瑶
出版发行	江苏凤凰文艺出版社
出版社地址	南京市中央路 165 号，邮编：210009
出版社网址	http：//www.jswenyi.com
印　　刷	三河市华东印刷有限公司
开　　本	880 × 1230 毫米　1/32
印　　张	7.75
字　　数	189 千字
版　　次	2018 年 8 月第 1 版　　2020 年 1 月第 2 次印刷
标准书号	ISBN 978-7-5594-2605-5
定　　价	45.00 元

目　录

古老的土地

——答泽希拉·比耶利博士①

我们在距中国四川省成都市两百公里之遥的乐山市的凌云寺山头上。那是岷江、大渡河和青衣江三江汇合之处，离西藏数千公里远。从这里俯瞰的最大的石刻佛像高七十一米。我会见了四川省作家协会副主席兼秘书长、诗人吉狄马加，他是中国五十六个民族之一的彝族人。我问他道：

“民族指的是什么？”

“让我们来了解一下这个民族。我首先要说，我出生在距此五百公里的凉山，我的先辈世代生活在一个叫布特的地方。民族有两个重要的因素，第一是有确定的地域，另一个是语言。我们彝族的语言词汇十分丰富。它是中国最古老的语言之一，它的历

---

① 泽希拉·比耶利博士是埃及《十月》杂志的著名女记者，她曾采访过世界上许多著名的文化人。这篇采访录是她1992年作为埃及作家代表团的成员访问中国时写的，1992年12月13日发表于埃及《十月》杂志第842期。——作者注

史要比蒙古族、藏族等民族的语言都久远得多。”

“你是位著有多部作品的诗人。我知道你的诗主要描写爱情、人、天和地。诗同民族的事业有何关系？你写诗，从哪些方面获益？你的民族给了你什么教益？”

“我为我的民族写了许多诗，大约出版了五个集子，得到了一些重要的奖，如《初恋的歌》获得了由中国作家协会评选的国家级诗歌奖。我写诗是为了表达、解释人与世界的关系。我永远不会忘记我的民族的悠久历史。我从它的文化和文明中获得许多教益。”

“我继承了民族的遗产，为的是唤醒我的民族。我描述民族的情况和自然环境，与此同时，我成为联系人们和这个民族的文化纽带。我肩负着使命，为人民而写，为我所爱的人而写。在我的诗歌中洋溢着民族的精神，人道主义的精神。我的诗面向所有的人，写人与人的爱，表达我的忧虑，譬如对核战争威胁的担忧，表达每个人内心隐藏的不安。我们怎么去爱？怎样感到变革？又怎样生活？我愿缩短人与人之间漫长的距离，希望人们懂得爱的热情和善良的价值。”

“我们能否聆听一些发自你内心的诗句，以便人们了解中国现代诗歌的特点？”

“我刚才说过，我想缩短人与人之间心灵的距离。诗歌是最富感情的艺术，我多么热爱这绵延不尽的土地，它孕育了各个不同的民族。现在我为你朗诵我的一首诗，题目是‘古老的土地’。

我站在凉山环绕的山上
脚下是神奇的土地
比历史更为久远的土地
人们不知道有多少这样的土地
我看见许多印第安人
在南美的草原上迅跑逐鹿
他们的孩子正在梦乡
我望着那些黑皮肤的弟兄
非洲鼓震撼着大地
他们的眼睛里
流出鲜红的黎明
他们的脚蹈着非洲的身躯
我看到顿河在流淌
经过无须耕作的土地
黄昏时分,哥萨克人举行婚礼
这古老的土地
我不知世界上有多少这样的土地
我那彝人的头颅
镌刻上人类友爱的诗句

“中国诗歌的主要题材是什么?”

“诗歌表达人的感情,因此诗人应该懂得、把握人们在思索什么。感情只能来自内心,水是自然物,毫无困难地流淌和喷涌。

对于诗人来说，水即感觉，而大地是脉搏，是诗人的血。诗人应该从民族乳汁中汲取养分。诗人从每个人的心灵中获得灵感。诗人生活在梦中，憧憬着自然、善良、人道主义。诗人是说梦话的人。诗歌不是普通的语言，不是告示，而是艺术。诗有许多题材可写。譬如友爱、生命、人。让我们迎接和歌颂人道主义精神。现在人类面临着共同的忧虑，关于自然，关于政治的方式。

1992年10月

（关偁　译）

诗坛追星录之同名家对话

——与《星星》诗刊记者一席谈

时间:1993年10月15日,秋雨绵绵的下午

地点:中国西南之一隅

记者:艾星

问:如果亲切些称呼,应该叫你吉狄,还是马加呢?

答:都可以,吉狄是姓,马加是名。

问:听说你的诗集《一个彝人的梦想》获得了全国少数民族文学奖,是吗?

答:是的,最近我又有一部诗集获了奖,就是你提到的《一个彝人的梦想》。不过我想说的是,获奖固然重要,但更重要的恐怕还是作品要具有真正意义上的艺术价值,要经得起时间和历史的考验。《一个彝人的梦想》是我将现代诗和彝族民谣进行融合的产物,许多朋友读后告诉我非常喜欢,说诗里有一种令人吃惊的深沉和单纯。把诗写得朴素而自然,这是我多年来为之而努

力的。

问:能简要地谈谈你对诗歌的艺术精神的看法吗?

答:还是从我自己谈起吧,写作《一个彝人的梦想》时,我的心绪很复杂,就个体来说,多种文化的冲突在我身上表现得十分明显。我的诗都是我内心体验的结晶,当我面对自己的历史,面对部族悠久的生活,我便想去紧紧地抓住祖祖辈辈血脉中沉淀的东西。从这个意义上讲,我非常强调小说或诗歌的文化贡献,当然这是指小说或诗歌中隐含着的那种独特的文化基因。二十世纪是一个科技高速发展的时代,信息交流很快,一方面加快了文化的融合和对话,但同时也使文化不可避免地走向一体化。我历来认为个体民族的文化如不同别的文化进行对话,并注入一些新鲜的东西,那么这个文化就会走向自我封闭的死胡同。不过话又说回来,如果作为个体民族的文化,一旦失去了自己对价值的判断,失去了自己文化的主流和"根"性,那么它也会被别的文化所淹没所吞并,这同样是一件令人遗憾、异常可悲的事。我们希望世界的文化也应该是多色调的,让人眼花缭乱的。由此可见,我强调诗歌的"文化贡献"是从这个意义上谈的。在这里需要说明的是,我所说的"文化贡献",它具有更丰富的内涵,其中有不少是形而上的,它带有集体无意识的色彩。比如说:西班牙诗人洛尔迦的诗,除了在诗歌艺术上的特殊贡献外,还在文化上有着不可替代的价值。这类的诗人很多,以色列诗人耶胡达·阿米亥,古巴诗人尼古拉斯·纪廉都是非常杰出的。他们的诗都有着神性的背景。现在拉美和非洲还有不少让人景仰的这类伟大作家,他们是一片土地的灵魂，代表着一个又一个民族的文化，人类因为他们的存在和创造，才不断延续着地球上古老的文明。这是我诗歌追求的方向，也是我写作诗集《一个彝人的梦想》的初衷。如果听了我这一席话，有朋友再去读《一个彝人的梦想》，我想他会更了解我的。

问：你能否谈谈你对当今中国青年诗界的看法呢？

答：你刚才要我谈谈对青年诗歌创作现状的看法，其实这个题目由你们编辑们来谈更合适。中国很大，中国的文坛和诗坛也很大。写诗的诗人很多，青年诗人尤其众多。这几年通过刊物我读了很多作品，也就认识了不少过去陌生的面孔。应该说中国青年诗人的创作态势是非常好的，其中不少诗人才华不凡，综合文学修养也相当好。他们对二十世纪世界诗歌的发展了解较深，对中国的传统文化也有比较深入的研究，创新意识是他们具备的优秀品格，正因为有这样的开放精神，一批具有先锋色彩的诗，才达到了一定的艺术高度。但是让人感到忧虑的是，有不少青年诗人的诗，缺少一种更高意义上的个性，读来大同小异。说到这里，我又想到了这么一种文学现象，或者说艺术现象吧。有一种诗人艺术家，他们能改变一个时代的艺术模式和符号，同样也还有另外一种诗人或艺术家，他们更多的是丰富了这个世界的文化和艺术，这两句话听起来好像是矛盾的，其实不然。前者如诗人艾略特，画家毕加索、马蒂斯等等；后者如诗人弗罗斯特、聂鲁达，画家怀斯（美国）、达玛耶（墨西哥）等等。对青年诗人们所进行的可贵探索，我是充满了敬意的，因为我相信一切伟大的艺术都是从探索开始的。但是那种能划时代地改变一种艺术模式、并创造出一种新的艺术语言的大师，我想一个世纪也就那么几个。当然不可否认，更多的诗人和艺术家的作品，也同样是对人类多元文化的丰富和加入，而这种加入恐怕是更大量的、更具有广泛性的。

我敬佩那些对艺术具有献身精神的青年诗人们，是他们为中国新诗的发展注入了新的生命力。同时我也还要指出，我希望一切探索，都不是单纯的探索，它应该和人类的命运紧紧联系在一起。人道主义的精神不能在我们的作品中消失，对人类的同情和怜悯，对人类命运的关注是二十世纪一切有良知的艺术家切切不可遗忘的。从这点讲，我渴望我们的青年诗人朋友们，能写出既有独特文化贡献、又有人类意识的大作品。可能是因为偏爱，我更喜欢深沉而恢宏的力作，更崇尚具有史诗品格的大家。

问：那么你认为目前诗坛上什么形式的作品代表了新诗繁荣发展的主流？

答：这个题目也比较大，不大好谈，勉强谈谈我的一点感想。首先我认为，中国新诗能发展到今天.并能取得令人瞩目的成就，无疑是几代人共同努力的结果。从新文化运动开始，无论是胡适、郭沫若，还是后来的闻一多、徐志摩、戴望舒、艾青等等，都对中国新诗的发展做出过贡献。应该说，新诗的发展时间虽然不长，但它的优秀传统还是很深厚的。我们不应该忘记一切对中国新诗的发展做出过贡献的人们。我最讨厌那样的评论，谁谁谁的诗超过了谁谁谁，其实就作家个体而言，都有着不可替代性，何况有的重要诗人和他的作品代表的是一段历史，或者说是一个时代。当然对诗人的作品进行艺术的研究，是必不可少的，今后还应该大力加强。中国新诗正在日趋走向成熟，许多具有实力的诗人尤其是中青年诗人，他们除了对诗歌的艺术形式进行更广泛的探索外，还力图让自己的诗获得更新的文本意义。我相信代表中国新诗发展主流的还将是那些关心人类命运、具有深刻的人道主义精神的作品，因为就本质而言，这些作品描述的将是人们的悲泣、爱恋和对世界及人的处境与命运的思索。我对中国新诗的发展前景充满了信心。

问：我们换个实用点的话题吧。你认为《星星》诗刊该如何加强理论方面的建设呢？

答：我不是理论家，对这个问题我只能谈一点感想。理论建设对创作的繁荣很重要，同样对刊物的建设也很重要。一个刊物要有一个主张，我想这个主张应该是构建在理论之上的。《星星》过去在这方面做了不少有益的工作，但比较起创作的实绩来，总还是略显不够。法国的新小说派，并不是一批作家在一面文学主张的旗帜下写作，理论家们根据这批作家的创作思想和大的历史背景，对他们进行深入研究和分类，使这一小说流派蜚声世界。我希望《星星》今后能组织几位视野开阔的理论家，不是就诗论诗，而是从社会的角度、历史的角度、创作思想以及文本的角度，为刊物写一些扎实的理论文章。我想这类文章，主要是研究重要的文学现象和诗歌现象，对诗的本质性问题做出解答。作为一个有影响的诗歌刊物，选发各种风格的优秀作品仍将是首要的大事，不能为门户之见限制了编者的眼光和视野。理论建设和创作实践都很重要，这是一个问题的两个方面。祝《星星》越办越好，谢谢你们给了我这样一次谈话的机会。

1993 年 10 月 15 日

为土地和生命而写作

——接受香港电台专访

时间:1994 年 4 月 25 日

记者:夏婕

地点:香港电台直播间

记者:今天我们很高兴请来了从内地来的彝族诗人吉狄马加先生。首先请您说说您为什么有这样一个名字,好吗?

吉狄马加:我们彝族是父子联名。吉狄是我家族的姓,马加是我的名字,这已经把我父亲的名字省去了,如果全名还更长,假如你感兴趣的话我可以告诉您。

记者:您说说全名。

吉狄马加:我的全名是吉狄·略且·马加拉格,现代社会名字只不过是一个代号,所以就叫马加,这样更方便一些。

记者:您所生活的地方与您写诗有什么关系呢?

吉狄马加:关系非常深厚,我历来有一个看法,一个诗人,一个真正有出息的诗人，他必须根植于他的土地和他的民族，因为任何一个作家，一个诗人，都是他的民族文化养育了他。我生活在四川的大凉山，这个地方在中国辽阔的大地上是一块非常神奇的土地，它的文化，它的历史，以及现实，都是我作为一个诗人必须去捕捉的东西，如果说我能写作的话，我只不过是这片土地的河流、岩石，或者这片土地上每一只动物，哪怕是一只鸟的代言人，当然这不是一种简单的传声，而是通过了人的心灵，人的灵魂的过滤。

记者：中国五十六个民族中，彝族是一个比较大的民族，在您的作品中，您的民族与您生活的土地，对您的影响是不是特别大？

吉狄马加：简单说，彝族是一个崇尚黑色并崇拜太阳的民族。彝族的原始宗教认为万物有灵，正因为这样，彝族人和土地以及万物和神灵的关系就非常深厚。我认为任何一个作家诗人，除了土地、文化的养育之外，他自己也应该有一定的天赋。我认为这种天赋更多的是诗人对自己生存的环境应该有的一种敏锐的感觉。诗人本身生活在寓言和梦想中的世界，诗人是一个说梦话的人，这种梦寄托了他对现实的理解。诗人不是生活在真空中，所以我认为一个作家、一个诗人应该是一个人道主义者，同时在面对现实时，要为他人而写作，关心众多人的命运和他们的生活。

记者：我听一个学者说，彝族崇拜太阳与印第安人崇拜太阳的情况很相像，这个情况你知道吗？

吉狄马加：我知道。彝族有一个很著名的历史学家，他是范文澜先生的弟子，名叫刘尧汉，另有一个天文学家卢央，他们两个共同写了一本《中国彝族天文学史》，书中写到对太阳和火的崇拜，以及彝族的十月太阳历。古老的太阳历说明，彝族人在古代曾经创造过非常辉煌的文化，从现存的史料看，中间肯定出现过历史与文明的断层，现在也无从考证。从彝族现有的历史遗存来看，彝族过去是一个游牧民族，这个游牧民族的历史，包括它迁徙的过程，史学界说法很多。作为一个诗人，我需要去了解它，但关于考证、考古方面的问题我们还是留给历史学家和考古学家去做。

记者：这是一个漫漫的旅程。接下来，请您谈谈大凉山彝族的诗有什么特点，是不是很有太阳的色彩？

吉狄马加：彝族的诗歌与彝族的经历以及它的史诗传统均有关系，每一个彝族诗人作为个体来说都有其独特的风格，但每一个诗人在进行创作的时候都充满了火焰与太阳的色彩。如果把诗比作一种声音，那么在这种声音中也充满着牛血喷涌的声响，这更多的是来自于一种超自然、超经验的东西，和诗人的生命本体是联系在一起的。很多民族诗人的诗，和他们先辈的史诗文学传统是一脉相承的。

记者：太阳是有色彩的，彝族的史诗除了阳光的色彩外，还有高山和流水，有很细腻的一面。你的诗歌里面有没有表现阳光、山水？

吉狄马加：有很多！我曾经写过很短的一首诗，这首诗与我其他的许多诗在风格上有很大的不同。这首诗叫《骑手》，虽然只有短短的几行，这首诗除了受彝族古典文学影响之外，当然也受到西方的印象派、超现实主义的影响。

记者：请您说说现在少数民族诗歌、小说在中国的情况怎样。

吉狄马加：中国是一个多民族国家，每一个民族都有自己不同的文化传统，有自己不同的历史，但有一个共同点就是，中国的文学，要靠各个民族的文学来加以丰富。中国少数民族的文学发展也不一定平衡，有的民族人口比较多，那么这个民族出现作家、诗人就可能多一些。但作家的出现也不是按人口比例来的。比如前苏联的吉尔吉斯出了一个伟大作家艾特马托夫，在苏联时代，吉尔吉斯的人口还是很少的。中国的少数民族文学近十年来发展很快，出现了很多作家，如回族作家张承志、鄂温克族的乌热尔图等等，许多少数民族作家在中国当代文坛占有举足轻重的地位。老一辈少数民族作家，如满族的老舍，在中国现代文学史上是第一流的作家，土家族的作家沈从文，在中国文学史上占有很重要的地位，他们以自己的创作丰富了中国文学。同样，彝族文学近十年有了很大的发展，出了许多优秀的作家。彝族文学与其他兄弟民族文学一道构成了丰富多彩的中国当代文学。

1994年4月25日

政治与诗歌——我所肩负的双重使命

——答《南方周末》记者问

采访人:《南方周末》记者　张健

实习生　黄婷　张怡徵　贺靓

“世界,请听我回答/我——是——彝——人”

南方周末:在《最后的酒徒》中,你写道:“你的血液中布满了冲突/我说不清你是不是酋长的儿子/但羊皮的气息却弥漫在你的发间/你注定是一个精神病患者/因为草原逝去的影子/会让你一生哀哀地嘶鸣。”“酋长”“羊皮”“精神病患者”,这些词对一个彝族诗人意味着什么?

吉狄马加:“精神病患者”是一个象征,因为人类在现代化的过程中,一直面临着精神信仰缺失和物质主义的侵蚀,承担着很大的压力。一旦生存环境被改变之后,一个健全的人,精神上一定面临着极大的冲突。作为诗人,我们必须拯救人类的精神生活。因为这种外在的发展不平衡，会带来人类自身精神的失衡。

南方周末：那么在你生活的那个岁月、那个地点，比如说1960年代的大凉山，你观察到的这种“精神失衡”是什么？

吉狄马加：在现代化的过程中，恐怕全球都如此，彝族也不例外，很多值得留存的东西、个性的东西开始泯灭了。

南方周末：我想知道你那里具体的例子。

吉狄马加：比如说有很多独特的民族文化元素开始逐步消失。一个民族的生活方式的改变，带来了许多让人忧虑的问题。高尔基曾说：非洲死一个部落酋长，相当于在欧洲毁掉一个博物馆，这无疑是一件最叫人心痛的事。我不同意把文化分成大和小，我认为任何一个民族的文化，都是平等的，它对这个世界来说是同等重要的，我们对这些文化一定要心存敬畏。你能否认基督教文化存在的前提吗？不能。你能说德国的文化不好吗？不能。同时，你也不能说塞内加尔的文化不好。它们共生共荣，好比一个草原上，你灭鼠灭得太多了，那么天上的雄鹰也没有了。

南方周末：我困惑，是什么“会让你一生哀哀地嘶鸣”？

吉狄马加：因为有的东西是不可逆转。就像你，从你的爷爷到你，有很多属于故乡的文化、家族的传统，在你身上已经很少了，到你儿子还要少，你似乎觉得自己已经成了一个名副其实的地球人。其实情况绝对不是这样的。因为在这个地球上绝不只有抽象的地球人。我担心在一个异化过程中，各民族的文化都失去了个性。

南方周末：《自画像》中的最后一句，“世界，请听我回答/

我——是——彝——人”成了你的名句。在《古老的土地》中，“我站在凉山群峰护卫的山野上/脚下是一片神奇的土地/……我仿佛看见成群的印第安人……/我仿佛看见黑人……”你也承认，自己和这些有着悠久历史的民族“文化心理同构”。

吉狄马加：我去哥伦比亚参加国际诗歌节，曾看见印第安人玩的“斗鸡”，跟彝族人玩的“斗鸡”是一样的。我感叹，相隔那么远，他们却以同样的方式来表达他们对于生活的理解。你会感觉到，有很多不同的民族或者不同的地域，他们有很多价值追求是相同的，比如向往光明、追求自由、热爱生活、崇尚英雄，往往在这样的时候，作为一个诗人，你会产生一种莫名的感动。所以我哭了。

自我身份认同的问题，在我的早期诗歌中能明显看到，但我需要声明的是，我写作还有一个重要目标，就是通过写我的民族来窥视人类普遍的价值，力求这些作品都具有人类意识。

1982 年之前，我和藏族作家扎西达娃就开始关注拉丁美洲文学。那时马尔克斯的《百年孤独》还没有获得诺贝尔文学奖，北京、上海、广州等文化中心的作家和读者还很少有人提及马尔克斯，但是我们已经从“文化心理同构”的角度爱上他。拉丁美洲文学的复兴，《百年孤独》是一个标志，它的成功给我们生活在边缘地带的少数民族作家和诗人树立了很大的信心。

我的写作就是从阅读印第安人巴列霍、犹太人耶胡达·阿米亥、捷克人塞弗尔特、拉丁美洲诗人聂鲁达、塞内加尔诗人桑戈尔开始的。塞内加尔前总统桑戈尔，是个伟大的诗人，他在法国留学期间，就提出了“黑人性”的概念，成为非洲文化崛起的标志，受到世界的尊重。

南方周末：您的诗作被翻译成多国文字，“世界，请听我回答/我——是——彝——人”常被引用。我以为这句呼喊是类似“政治正确”的“民族正确”。它会不会影响世界对于你诗歌质量的判断？

吉狄马加：为自己伟大的民族而自豪，这是古今中外许多伟大诗人都具备的高贵品质，歌德是这样，普希金是这样，叶赛宁是这样，惠特曼是这样，艾青是这样，我想，除了他们都具有精湛的诗艺之外，很重要的一点，他们又都是他们民族精神和文化的代言人。他们都是我学习的榜样。我的诗集已被数十个国家翻译出版，这些诗作的译者和那个国家的读者，都把我看成是中国一个有着悠久历史和文化传统的少数民族——彝族的精神和文化的代言人，我想这无疑是我的光荣。另外，我想说的是，他们翻译我的作品，是因为我的这些作品是他们喜欢的诗，而不是所谓的与文学无关的宣传品，请相信，在审美问题上，这些国家的翻译家和诗人都有很高的鉴赏水平，他们不会被任何文学之外的因素所左右。

在捷克作家和诗人中，我喜爱塞弗尔特，除了他是一位伟大的捷克民族诗人之外，还有就是他的诗歌艺术和作品，同样是世界诗歌宝库中的瑰宝。对捷克人而言，他们会把塞弗尔特当作民族的代表性诗人和灵魂，如果把昆德拉和塞弗尔特进行比较，我以为，从民族性这个角度来看，似乎塞弗尔特更具代表性。

塞弗尔特的作品我可以经常读，不会产生厌倦，但是如果要让我经常去读昆德拉，大概我很难做到。

“做官只是为老百姓工作的一个工种”

南方周末：2006 年 7 月，你就任青海省副省长，成为一个“官”。

吉狄马加：其实，我从二十多岁起就在做行政领导工作，当然一直在文化界，上世纪八十年代中期，我曾经担任过凉山州文联主席、党组书记，后来，又担任过四川省作家协会副主席、党组副书记，从 1995 年开始，我担任中国作家协会的书记处书记快十一年。去年，根据中央的安排，到青海担任副省长。

我以为做官和做其他的工作一样，就是分工不同。做官只有一个目的，就是为老百姓服务，或者换句话说，就是为广大的人民群众服务。曾经有记者问过我，你既是一位诗人，同时又是一位政治工作者，这两者能结合好吗？我告诉他们，诗人不是一个职业，他常常是一个角色，而政治工作可以作为一种职业。法国现代主义诗人阿拉贡就担任过法共总书记，捷克戏剧家哈维尔担任过捷克总统，对于他们来说，政治都曾经是一种职业，我认为这是一件很正常的事。

南方周末：每个人只有一个脑子一颗心。诗人往往针砭时弊，而官员往往明哲保身，这会导致“诗人省长”人格分裂吗？

吉狄马加：我不这样看。塞内加尔前总统桑戈尔，是世界上第一流的诗人，我从来没有感觉到他在从政的过程中和他在写诗的过程中有什么不协调。这里有价值判断问题，因为我们从事政府的工作，不是为一个小团体的利益，而是为更广大的人民的利益，我想，一个政治家，如果具有诗人的情怀，他应该会更关注民生，更关注这个社会的弱势群体，我不认为诗人和政治家是水火不相容的两个极端。

南方周末：青少年时代，官员在你心里是个什么样的印象？或者说对于官员的一个基本判断是什么样的？

吉狄马加：我从小生活在一个干部家庭。1950年代，我父亲担任过我故乡布拖县的法院院长，后来又长期在自治州的公安部门担任领导工作。我母亲退休前，曾担任过凉山卫生学校的校长和医院的院长。由于家庭的关系，我有机会接触过许多官员，在我的印象中，官员虽然被人尊重，但他应该为更多的人服务。我父母都是非常传统的人，多少年我的母亲总会不厌其烦地告诉我，一定要好好工作，要到艰苦的地方去锻炼自己，不要贪图享受，人民的利益至高无上。同样，我父亲也是一个很正直的人，彝族人正直、勇敢、无私的品格在他身上得到了充分体现。我父亲还是一位非常人性化的人，我们之间的交流，常常就像是朋友。

南方周末：你早前表现彝族生存状态的诗，让我惊讶。近来的诗，歌唱世界和平、民族和平共处、“一切世界进步的事业”。你会碍于青海省副省长的身份而被迫去改变言说形态么？

吉狄马加：肯定和身份的改变没有任何关系，因为你现在能看见的我所有的诗，都是我在当副省长前写的，非常遗憾，由于政务繁忙，担任副省长之后，我很少写诗。不过我想，对于一个诗人来说，积累同样重要。我相信在不久的将来，我还会写一些自己认为比较满意的诗。

我可以把我离开中国作家协会时写的最后一首诗念给你听，诗的题目是《我听说》："我听说/在南美安第斯山的丛林中/蜻蜓翅膀的一次振颤/能引发太平洋上空的/一场暴雨/我不知道/在我的故乡大凉山吉勒布特/一只绵羊的死亡/会不会惊醒东非原野上的猎豹/虽然我没有在一个瞬间/看见过这样的奇迹/但我却相信，这个世界的万物/一定隐藏着某种神秘的联系……"你听完这首诗有什么感觉呢？其实从我写诗开始，我就从未改变和丧失过我的写作立场。

南方周末：但是，你还是一个体制内诗人啊。

吉狄马加：什么是体制内的诗人？什么又是体制外的诗人？中外诗歌史上，我还没有见谁这样划分过诗人，严格意义上说这种划分是可笑的，因为我只知道有好诗和不好的诗之分，同样也有写得好的诗人和写得不好的诗人之分。普希金是贵族，你能告诉我在他所处的时代，他是体制内的诗人，还是体制外的诗人？歌德是宫廷诗人，在世界文学史上享有崇高的地位，他的作品是世界文学宝库中的经典，但我没听说有任何一个公正的评论家，认为他的作品是所谓体制内的文学。现在在法国、英国、德国、意大利以及南美、非洲都有一些很好的诗人，他们要么是教授要么是医生要么是记者，你很难简单地把他们划分成哪一类诗人。

诗人是典型的个体精神劳动者，他的诗写得好不好，跟所谓的体制内或者说体制外没有一点关系。你的诗写得不好，你说你是体制外的诗人，别人也不会承认你是一个真正的诗人。

“不是每个诗人都有这个能力”

南方周末：撇除你副省长的身份，作为诗人，你平时关心中国诗坛的现状吗？有自己的看法么？

吉狄马加：当然关心。但我认为诗人的精神劳动一定是个体的，每一个诗人都是独立存在的，你看我写诗那么多年，我就从来没有加入过哪个派别，或者说，想利用某种小圈子的力量，来达到什么目的。诗人一定要有道德操守，一定要坚守自己的写作原则，这一点我们要向俄罗斯诗人学习，同样是女诗人，阿赫玛托娃也好，茨维塔耶娃也好，在面对苦难和死亡的阴影时，她们所表现出来的从容、优雅以及人性美，是让我们当今的许多诗人汗颜的，她们的作品永远不会和肮脏连在一起。就是普拉斯这样的女诗人，在揭露人性丑陋的时候，她也没忘记过展示人性美的光芒。我希望有更多的中国诗人关注人的生存状态，关注我们赖以生存的环境，关注人类的命运。

南方周末：你有双重身份：分管文化的副省长，诗人。手中同时握有行政实权和公共话语权。无论你评论没有行政实权的诗人，还是评论没有公共话语权的官员，似乎对他们都不大公平。

吉狄马加：我觉得没有。写诗是我面对自己的灵魂的独语，是我对这个世界倾诉我的思想的一种方式。但作为一个副省长，对我的工作如何评价，我想，这个话语权应该在青海省的老百姓手中。绝不因为我是一个诗人，我就有了更多的话语权，相反，作为一个副省长，我有义务和责任接受更多来自大众的批评和建议。

南方周末：那照你的意思是说，如果中国有更多的省份，执掌文化和教育的副省长都能是诗人，那将是一个更美好的中国。

吉狄马加：在中国最怕的事情就是搞一刀切，不是每一个诗人都具备从政的能力，都有从政的经历，这一定要因人而异。不过我希望有更多的、有人文背景的人来参与管理国家的行政事务，在国际上，有很多政治家，他们都有很好的学养和学术背景，我相信，一个开放的、民主的中国一定会有更多的、有学术才能的而又具备行政能力的人走上政府工作的领导岗位。

南方周末：你喜欢的李白曾作《大猎赋》向唐玄宗邀官。古代文人以文采取官者不胜枚举。不知你诗歌方面的才华有没有给你做副省长提供本钱？

吉狄马加：不可否认我是一个真正的诗人，同时，我还要告诉你，从二十多岁开始，我就已经开始从事党和政府的文化和文学组织工作了。我想从党的组织上来看，我是一个有专业背景的干部。我的每一步成长都是党和人民培养的结果。

南方周末：那么副省长的官衔，有没有给你的诗名带来本钱呢？

吉狄马加：这个诗歌界和诗歌史自有公论。

2007年8月5日

（刊登于2007年8月15日《南方周末》）

与世界对话

——就大型音画歌舞史诗《秘境青海》接受《文化月刊》记者专访

记者　杜洁芳

吉狄马加在《一种声音》中说道:“我写诗是因为我的父亲是彝族,我的母亲也是彝族。他们都是神人支呷阿鲁的子孙。”种族的自我认同使吉狄马加站到了一个坚实的文化基点上,民族文化的深深浸润使他对民族文化有种由衷的眷恋。走上青海这片土地的几年时间里,他为这方土地上世代流传下来的民族文化艺术所震撼,他觉得应该为青海的璀璨艺术做点什么,《秘境青海》的构想由此而生。

记者:您怎么会想到打造一台关于青海的歌舞史诗?

吉狄马加:作为青藏高原主体构成部分的青海省,有着源远流长的高原文化,孕育了中国远古文明的昆仑山神话也在此地诞生。1973 年在大通县上孙家寨出土的新石器时期舞蹈文彩陶盆,就证明了在四五千年前,青海地区的先民创造的文化艺术就已达到相当水平。所以我们一直在问自己：地处中国西部高原、深居内陆腹地、经济社会发展水平相对较低的青海，除了那些我们必须谨慎对待、科学有序开发的自然资源，我们其他方面的突出优势是什么呢？我们认为，是青海独特而丰富的地域文化资源。更具体地说，是以藏文化为特征、多民族文化共存的多元民族文化和以三江源为代表、青藏高原为基础的自然生态文化。这些都为我们推出具有青海独特的文化、民族和自然地理标志、又具有现代精神和国际水准的精品节目创造了条件，这也是我们打造《秘境青海》的前提。

记者：在以前的采访中您谈过，青海有责任为全国守住一方净土。这是否意味着青海正在向一个生态大省挺进？

吉狄马加：实际上，青海省确定的生态立省、以生态和文化为品牌打造旅游名省的战略，都清楚地表达了这一思路。同样，近几年青海对外文化交流活动正是围绕这一主题展开的。环青海湖国际公路自行车赛、三江源国际摄影节暨世界山地纪录片节、青海湖国际诗歌节、国际唐卡艺术节和热贡艺术出国展示、青海民族歌舞出国演出等等，都取得了让世界了解青海、让青海走向世界的成效，赢得了国际认同，实现了交流与对话。

记者：那么，打造大型音画歌舞史诗《秘境青海》这部戏也是为了让世界更多地了解青海了？

吉狄马加：对。我觉得需要有这么一台节目来展现青海文化艺术的精华，使青海的品牌深入人心。让更多的人了解它，喜欢它。

记者:展现青海的民族文化形式有很多种,为什么想到用歌舞史诗?

吉狄马加:因为青海这个地方民族民间歌舞资源的蕴藏量十分丰富。在青海各民族中,都有“会说话就会唱歌,会走路就会跳舞”的说法,说明高原人个个能歌善舞。而且,青海各民族的舞蹈多姿多彩,各具特色。如土族舞蹈非常热情纯朴,撒拉族舞蹈又给人一种柔美抒情的感觉,藏族舞蹈显示着浪漫豪放。各民族的民间舞蹈是各民族文化的组成部分,其内涵极其丰富,涉及到历史、宗教、战争、劳动、生活、爱情、民俗等多方面,再现了各个历史时期人民群众的生活情景。这些浩如烟海、包罗万象的民族民间舞蹈,凝聚了青海各族人民群众的理想和希望,表现了人们的情趣和追求,反映了人们的精神和生活,现在,也是建设社会主义精神文明的重要载体。

记者:其实,大家对青海最深的印象大概都来源于王洛宾创作的《在那遥远的地方》《半个月亮爬上来》这样的歌曲,说明青海的民歌也是非常吸引人的。但是现在比较流行的只是陕北民歌之类的,您是怎么看待这个事情的?大型音画歌舞史诗《秘境青海》《雪白的鸽子——青海花儿音乐诗剧》是不是就是要来扩大青海民歌的影响?

吉狄马加:青海的民歌与舞蹈一样丰富多彩。“花儿”是人民群众集体智慧的结晶,是以情歌为主的民歌。它有着独特的歌词格律,有着优美动人的音乐旋律,为文学界、音乐界所关注,使众多中外来客为之倾倒。在民间,有着许多“花儿”歌手,他们不但会演唱许多脍炙人口的传统“花儿”，还能即兴编词演唱和对歌，演唱场面十分热烈精彩。虽然现在“花儿”没有大范围流行，没有被更多的人了解，但是我相信青海“花儿”也一定会像陕北民歌一样被大家喜欢。《雪白的鸽子》采用的曲调主要是来源于著名的乐曲《花儿与少年》，而《花儿与少年》就是根据青海“花儿”的曲调“四季歌”“五更鼓”等改编的。

记者：大型音画歌舞史诗《秘境青海》几位主创人员都说，这部戏的故事架构其实比较难。听说之前有人写了个剧本出来，但是都不满意，最后还是由您来执笔了？

吉狄马加：确定用什么样的主线来串这部戏是比较难的。之前大家也想过一些别的题材，但是最后我想还应该以昆仑文化为线来表现青海。而且我在青海工作了几年时间，会有些切身感受，又加上诗人的名号，所以剧本就由我来做。

记者：那您为什么会想到用昆仑文化中的西王母的传说了呢？

吉狄马加：古老的汉藏文记载和民间传说普遍认为青海湖神是一位女神。学者们一般倾向于认为青海（西海）神就是大名鼎鼎的西王母，这是中国古老而深厚的昆仑神话的重要组成部分。人们结合环青海湖地区的地理及民间故事论证了诸如《山海经》这样的典籍中记述的有关西王母的各种业绩，西王母的瑶池就是今天的青海湖似乎已是无疑。古藏文文献中记载的神通广大的女神王赤雪洁莫与汉族西王母的传说有诸多一致之处。在以昆仑山为脊梁的青海高原，西王母这一伟大的远古创造者和统治者，已经超越时空而幻化为一种不朽的精神力量，她化为无处不在的声音和气息运行于大地，化为世象万物的形象对我们说话。

记者：您能给我们简单讲讲这个故事大概是什么情节吗？

吉狄马加：这是一个以众神之神西王母女神为核心的故事；这是一个宣扬天人合一、人类和谐的极具象征意义的寓言故事，这个故事试图通过阐释神与神之间的关系，来进一步表达人神之间、人与自然之间、精神与物质之间深刻而微妙的关系。故事的背景远在亘古的青海高原和莽莽昆仑山，故事的灵魂是立足当今、面向未来的生存思考。在这个具有史诗意味的宏大故事里，西王母率领诸神从固有的神话与传说中复活，她是具体世界和象征世界的创造者、救赎者与引领者，她以充满人性光芒的大爱和牺牲精神照亮时空，她以至高至善的自然之神和人文之神形象受到神人万物的顶礼称颂。

记者：大型音画歌舞史诗《秘境青海》分几幕演出？每一幕大概是什么情形？

吉狄马加：这台节目共分为六幕。整个故事，是对善的彰显，对爱的肯定，对美的礼赞，是对人与神以及人类与万物和谐共存的欢呼歌唱。

第一幕，神鸟的眼泪。主要表现在创世之初，人类对生命的赞颂，对诸神的赞颂。

第二幕，三江源的爱情。主要表现水与人类万物之间密不可分的联系。讲述人神之间从原始的自然和平状态到相互对立，再到相互沟通、理解并达成友好默契的故事。

第三幕，太阳部落的儿子。讲述人类和万物与太阳神（亦是火神）的故事。展示了文明与火、生存与火的息息相关。

第四幕，沙漠中的灵山。讲述人类和一种古老而神秘的力量——山神之间恩恩怨怨的故事。

第五幕，生命树下的轮回。讲述人类在轮回中从生到死的故事，以美丽中略带忧伤的旋律咏唱人的诞生、相爱、繁衍和死亡的过程。

第六幕，风与影的述说。讲述人与万物和谐共处和西王母女神呼唤众神并且率领众神重返净土秘境的故事。在这里，神的人性化和人的神性化成分都得到张扬和提升，展现出感天动人的精神之美、人文之美、交融之美。

记者：听起来是非常美的一个故事啊！从您开始创作到完稿大概用了多长时间呢？

吉狄马加：差不多一个月的时间。

记者：其实对于您来说，在这部戏中的身份是编剧，但是又不仅仅是编剧，整部戏的构想以及需要达到的效果与目的也是在您的考虑范围之内的吧？

吉狄马加：打造两台节目并不是我们的最终目的，而是为新时期的文化体制改革和文化产业发展探路架桥。在二十一世纪的国际关系和世界秩序重建中，文化的影响力已从旧时代的从属地位上升到了起决定作用的主导地位。历史将证明这种影响力甚至会表现得比经济、政治和军事力量更加强大和持久。发达国家的经验证明，文化作为一种源于人类精神世界的创造性生产力，它所产生的文化经济正成为提升整个国民经济和社会发展水平的巨大力量。大力发展文化产业，当是正在实施的西部大开发战略的题中之义，是西部大开发的重要内容之一。在这其中，一个拥有健康发达的文化产业的青海，才是一个真正繁荣和充满希望的青海。

发展文化旅游正成为当今旅游业发展的新趋势，也是我省发展文化产业的重要方面。把开发和利用高原地域文化特色和民族文化资源作为重点，充分认识文化资源是发展旅游业的基础，确立旅游发展与文化资源同步开发的原则，利用我省特殊的民族文化资源优势，特别是把民族民间歌舞资源与旅游结合起来，可以将文化资源优势转化为旅游产业优势。

采访后记

在跟随大型音画歌舞史诗《秘境青海》剧组采访的这段时间里，我听得最多的一句话就是，这台戏的主要促成因素在于吉狄马加。可以说，吉狄马加是这部戏的主要推动者。就他自身来说，不管是作为诗人还是作为青海省副省长，吉狄马加始终站在弘扬青海民族文化的最前沿，我们也同样相信，大型音画歌舞史诗《秘境青海》这部颂歌与天籁的共鸣能够为更多的人打开喜爱青海的窗口。

2009 年 1 月

（刊登于《文化月刊》2009 年第 1 期）

永远在路上

——吉狄马加答《上层》杂志记者问

记者：2006年您四十五岁，从中国作家协会书记处书记到青海省副省长，角色的置换带给您最大的感受是什么？“副省长”和“诗人”，您更喜欢别人怎样称呼您？请注意，是“喜欢”而不是“习惯”。

吉狄马加：对于我个人来说，从中国作协到青海省，这不仅仅是一个工作生活环境或者社会角色的简单转换，更重要的，这是我人生历程的一次转折与变更。

中国作协是一个专业性很强的社团，我的重点是从事作家群体的组织、协调和交流等方面的服务工作，而地方政府的工作是面向社会、服务公众。作为一个诗人这是十分难得、十分有意义的经历。这个任职，不仅为我创造了一个更直接、更广泛了解现实生活的机遇，也为我提供了一个深入把握时代脉搏、思考社会现象、实施政府决策、直接献身公众事业的平台。对我而言，它不仅是一种人生阅历，更是一种人生实践。所以我很看重这个转换，并且努力胜任新的角色，因为这个角色承担着对人民和历史的责任，丝毫不容懈怠。这是我最深刻的感受。

那么，对于你刚才那个近于苛刻的选择题，我必须做多项选择：副省长和诗人，这两个称呼我都喜欢。因为副省长是我的公共职务，是一个服务社会的角色，我以副省长身份所做的一切工作，都是希望人们认可我对这个角色的把握。“诗人”是一个崇高的称谓，是我终生的敬畏与渴求，而不仅仅是喜欢与否。

记者：到青海任职第二年，您就创立了一个具有国际影响的诗歌节——青海湖国际诗歌节，您的初衷是什么？文学需要“社交”吗？2007 年 8 月首届青海湖国际诗歌节是否达到您的期望值？

吉狄马加：创办青海湖国际诗歌节并不是突发奇想。我曾经多次出席世界上几个重要的国际诗歌节，这些诗歌节几乎都在欧美，而中国作为一个诗的国度，作为一个立于世界诗歌艺术史并且影响世界文化的国度，在当今社会却没有一个国际诗歌节，这一直是我深深的遗憾。可以说，在中国创办一个具有世界地位和国际品质的现代诗歌节，既是我个人的梦想，也是中国历史、文化和新世纪民族振兴的必然要求。这是我的初衷。而青海省地处青藏高原，拥有神奇的自然造化、独特的文化积淀和充满魅力的人类生活传承，这是诗歌的基础。多方面的大力支持和源于人们心灵中对诗歌的热爱，便共同成就了青海湖国际诗歌节。

2007 年 8 月，在政府和民间的共同努力下，青海省人民政府和中国诗歌学会极其成功地举办了首届青海湖国际诗歌节。

来自世界三十四个国家和地区的二百余位杰出的并且具有广泛代表性的当代诗人，在中国青海美丽的青海湖畔，共同签署并向世界发布了《青海湖诗歌宣言》。同时还举办了演唱会、论坛、交流、采风考察等活动。通过媒体的广泛传播，可以说，青海湖国际诗歌节，给这个有着伟大的诗歌传统以及多元文化共存的世界送去了一个惊奇，送去了来自于被称之为人类最后净土青藏高原的一次从未有过的文化震撼。

正如波兰国家作协主席、著名诗人马雷克·瓦夫凯维奇所做的评价："青海湖国际诗歌节是东方的一个创举，它把关注自然和环境作为了一个重要主题，特别是选择了一个全世界都关注的特殊地域，作为诗歌节的永久举办地，同时，它还是一个让不同文化背景和宗教信仰的诗人理解差异性文化和差异性地理的最好去处。它是世界的高地，能给不同种族的诗人们带来无限的灵感。"

首届青海湖国际诗歌节，不仅高品质、高质量地完成了它全部的议程和各项任务，更为重要的是，它就像一条连接过去和未来、连接东方和西方的文化链条，它既延续着青藏高原悠久的各民族古老文化，又通过这个平台，为复活这个世界神奇的诗意梦想注入了新的活力。作为一个刚刚创立就被普遍认同的国际性文化品牌，青海湖国际诗歌节已经以它特殊的地域载体、新颖的时代创意和深刻的诗歌文化内涵，毫无愧色地载入当代国际诗歌和中国文化发展史册。

首届青海湖国际诗歌节只有短短的几天，但是中外诗人植根于自己丰厚的文化传统，面对青藏高原的启示，创作了大量的诗歌。这是第一次，全世界众多诗人以诗意的目光共同关注青藏高原。我们征集、翻译并出版了部分作品，我们把这些诞生于高原沃土的诗篇命名为“最后净土的入口”，这无疑就是“无限灵感”的结晶。

可以说，文学艺术一直是国际社交圈里的明星。在人类的历史中，在人类创造的一切文明形态和文明成果中，恐怕没有什么比文学艺术的传播交流更加广泛、更加宽容、更加迅速的事物了。今天更是一个开放和交流的时代，而立于地球屋脊的青海湖国际诗歌节打造了又一个世界对话的平台。

首届青海湖国际诗歌节的主题是“人与自然——多元文化的共享与传承”。我认为，我们实现了这一目标。诗人们在此履行了他们在《宣言》中的神圣承诺：“我们将以诗的名义把敬畏还给自然，把自由还给生命，把尊严还给文明，把爱与美还给世界，让诗歌重返人类生活！”

记者：2009 年 8 月第二届青海湖国际诗歌节即将举行，此次诗歌节是否有新的更高的展望？诗歌节除了对外（国外）打开“安检通道”，对内（国内）尤其是青海本土人们对“诗歌”的认知与接受、喜爱程度是否有所提升？在一位副省长诗人的推动和带领下“全民兴诗”，会不会成为可能？

吉狄马加：我们不仅仅希望，而且可以预见，第二届青海湖国际诗歌节将会是一次更为成功的国际诗歌盛典。

我们把本届诗歌节的主题定为：“现实和物质的超越——诗歌与人类精神世界的重构”。举办时间是 2009 年 8 月 7 日至 10

日。本届诗歌节已经邀请世界五十多个国家和地区的二百多位著名诗人，更具有代表性，诗人的文化背景更加多样，涉及地域和语言的覆盖面更为广泛，他们的声望和成就将进一步提高诗歌节的品质和地位。不仅国家和人员之多、活动内容之丰富超过上届，相信这也是迄今世界最大规模的国际诗歌节。

第二届青海湖国际诗歌节，有多项重点活动，包括开幕式暨高峰文化论坛、诗人采风创作、青海湖诗歌墙揭幕仪式、诗歌朗诵会、金藏羚羊国际诗歌奖颁奖、诗歌音乐演唱会等。

我认为，本届有这样一些更为突出的亮点值得关注：首先，本届诗歌节以“现实和物质的超越——诗歌与人类精神世界的重构”为主题，更加关注诗与社会、生活和人类的精神的关系，把关于诗的思考引向深远的意境，所以我相信，在开幕式的论坛上将会有很多精彩的演讲值得期待。第二，本届诗歌节将首次评选颁发金藏羚羊国际诗歌奖。藏羚羊是世界珍稀物种，被誉为“高原精灵”，自由而美丽，这正是诗歌精神的绝好象征。这是青海湖国际诗歌节的最高荣誉。本届评奖委员会已将此奖项授予阿根廷著名诗人、塞万提斯奖获得者胡安·赫尔曼。这个奖项将会持续下去。第三，本届诗歌节将举行青海湖诗歌纪念墙揭幕仪式。青海湖是富有诗意的地方，首届青海湖国际诗歌节在这里庄严诞生了“青海湖诗歌宣言”。我们正在青海湖畔修建一座长四十五米、高五米并与自然环境相协调的诗歌纪念墙，将历史上三十位伟大的中外诗人的头像、青海湖诗歌宣言、诗人签名及荣获金藏羚羊国际诗歌奖诗人的肖像一起镌刻在青海湖诗歌墙上，以汉、英、藏三种文字镌刻，而每届获奖诗人介绍还将刻上他们的母语，这对于打造诗歌文化品牌具有重要的意义。这是世界上第一座诗歌纪念墙，它将以高原文化传统中最为神圣的嘛尼石经墙的形式在地球之巅耸立与延伸。这是诗歌的长城。

至于“全民兴诗”是否成为可能，我是这样认为：中国的第一本诗歌总集《诗经》没有留下诗人的名字，她最为优秀的部分来自民间，这正好说明我们的民族是一个在诗歌营养中成长的民族。自从《诗经》诞生以来，有许多事物不断在我们身边出现，也有许多事物相继在我们眼前消失，但是《诗经》和她所体现的诗歌精神、她所孕育的诗歌智慧却和我们民族同行至今。我曾在第二届中国诗歌节上发问：那么，我们为什么又会如此固执地需要诗歌呢？这并不仅仅由于从我们咿呀学语就开始背诵大师的不朽之作，更因为我们每个人都有一颗追求自由、渴望真理、崇尚真善美的心灵，这颗心灵就是让世界变得精彩、让生命变得高贵的诗魂。它召唤我们，引领我们，升华我们。诗歌过去是、现在是、将来也必然是人类精神生活中重要的组成部分。我们不可能也不需要全民成为诗人，但是我相信，诗歌这一古老的艺术形式和它永不衰退的感召力，必将在中华民族的精神复兴中承担起一份光荣的职责。诗歌是中华民族走出混沌的火把，也必将是我们走向未来的号角。

记者：据说，在第二届中国诗歌节上，您做了题为“诗与我们共同面临的时代”的演讲，在演讲中，您认为诗与我们共同面临着怎样的一个时代？

吉狄马加：第二届中国诗歌节是我们在这片古老的诗性土地上为诗歌女神举行的又一次庆典，同时它也唤起了我们对新时代诗歌现状的思考与探索。我认为，在当今世界，诗与我们共同面临着一个特殊的时代。

这个时代的变革如此巨大，发展如此迅猛，构成如此庞杂，以致我们身处其中都应接不暇，难以把握和理解。我们必须承认，我们的世界处在一个前所未有的多彩、多变、多元的时代。诗人作为这个时代的居住者、见证者、讲述者和传承者，变得比以往任何时候都更加脆弱和孤单无助。在当今世界后工业化、信息化和城市化的语境中，我们使用传统话语讨论诗歌成为一件困难的事情，因为在这个消费主义或者盲目享乐主义的背景下，诗歌主体性的迷失必然导致了诗歌信仰的缺失。然而，我还认为，诗人对这种现状的宿命式的意识正唤起一种自觉，而这种自觉就是诗的出路。

因为我们同样处在一个大时代。历史证明，这样的大时代总是诗的机遇。后工业化和网络时代的信息爆炸，肢解了由诗歌所守护的传统时空结构，为此我们不得不以全新的诗学理念思考和重建人类的精神世界。当代中国和世界许多杰出的诗人做出了勇敢而理性的抉择。在我们这个多变的、充满挑战的时代，如同我们期待的那样，诗歌正在艰难却又坚定地走在重返人类生活的道路上。诗歌正在以它对时代的呼唤引起社会的广泛关注与回应。所以我们看到的不是诗歌的末日，而是诗歌的新生。

记者：上世纪八十年代出生的写作者，很多人有兴致勃勃交会务费参加笔会的经历，现在这类活动较上世纪多，而那些在歌星影星身上的“出场费”这个标签也贴到了诗人作家身上，这是对文学尊重的体现吗？据说有无“出场费”却成了某些名家是否出席活动的理由，您怎么认为？

吉狄马加：我想说的是，比七十年代出生更早的一些人，比如我，我们经历了七十年代末至八十年代的纯粹文学时代。那个时代的文学以热情、思考、表达、理想和理解的光芒鼓舞着重新获得创作生命的老一代作家、诗人和刚刚迈入文学圣殿的浪漫青年，那是一个非功利性的文学年代，它在我的灵魂中确立了对文学的仰慕和敬畏。作家和诗人没有想过企图通过文学索取世俗的回报。这是我热爱并且一直在心中珍惜的岁月。

七十年代出生的写作者恰恰成长成熟于上世纪末商业化和功利性不断膨胀的社会环境，我觉得，某些人以文学之名追逐明星化、标签化和物质利益是不可避免的，但是我也毫不含糊地确信，这种现象既是文学的不幸，也是写作者的个人悲剧。因为文学或者诗，是由心灵而来又向心灵而去的事物，它必然是崇高的、神圣的象征。无论过去、今天还是未来，如果为了养活自己、为了延续肉体的生命，可以有很多更为简便的方式和手段，而不是文学。当作家成为商人之时，艺术的守护神已经离他而去。

我并不认为孤独寂寞与穷困潦倒是诗人的宿命，但是我肯定，在聚光灯下追逐喝彩与金钱的诗人决不是真正的诗人。我相信心灵的书写、生命的诠释、真理的表达。文学或诗，只有源于血液的热与光，才能具有超越和升华的意义，才具有全人类的价值。

记者:每个诗人、作家都会经历一个偶像崇拜到没有偶像的过程,您呢?在文学界"热爱"这类词现在使用频率极少,您怎么看这现象?

吉狄马加:我进入文学领域的时期,正是中国社会改革开放伊始,文学的大解放使我置身于一个重新开启的、大师云集的殿堂。这让我成为一个阅读面很广的人。我的阅读主要有三个方面,一是彝族传统文学,丰富的民族史诗和多彩的民间故事;二是中国古典文学和五四以后的新文学;第三,特别重要的是外国文学的影响,欧洲、北美、拉丁美洲、东欧以及非洲文学。这三个领域里有许多我敬重和崇拜的名家与名作。我在接受其他媒体采访时曾经多次列举过那些名字。他们创造了高峰,他们对人类的影响是深刻而永恒的,对我的影响也将延续终生。所以他们并非简单的偶像,而是土地、源泉、空气和乳汁。

就汉语词汇的意义而言,"热爱"这个词语肯定与心灵密切相关,可以说,没有热爱就没有文学、没有诗。热爱文学,学习经典,理解大师,融入时代,感知生活,接近真理,是文学家和诗人永远的功课。作家是人类文明的儿子,是文明沃土的耕作者和收获者。

记者:您出版作品有《初恋的歌》(1985 年)、《一个彝人的梦想》(1990 年)、《罗马的太阳》(1991 年)、《吉狄马加诗选译》(1992 年)、《吉狄马加诗选》(1992 年)、《遗忘的词》(1998 年)等,您觉得最能代表您创作高峰或您自己偏爱的是哪一部?为什么?

吉狄马加:对我个人而言,无论职业和环境如何变化,创作一直是持续的,从未间断。在我过去的作品中,许多读者喜欢我的含有民族元素的诗歌，评论家对它们也多有较高的评价，我想这得益于我生长的山水土地和养育我心智的民族文化；同样，也有人偏爱我关注现实社会的作品，因为它与人们对当今普遍问题的思考产生了共鸣。我相信，这些作品都是因为表达了对生命与死亡、生活与爱、人与自然，社会与文明的探索、体会、思考或者赞美而受到读者认可。至于我自己，我想，令我满意的应该永远是下一部作品、下一首诗。

记者：很多诗人转型写小说，您有没有诗歌之外的文体的创作计划？

吉狄马加：即使表达与讲述，也有许多事物是诗歌特别是抒情诗不能自如驾驭或者完成的。我一直在想，比如关于彝族的命运、历史和社会生活，就需要大型的叙事表述。就像肖洛霍夫《静静的顿河》所承载的哥萨克民族的命运，或者拉美作家们展现的民族历史与生活画卷。这是一个历史的期待。无论我还是别人去实现，都需要有深入的理解和足够的积淀。就我个人而言，这还需要时间和精力，因为除了写作，我目前首先要做好一个副省长，这大概也是对一个诗人具有挑战意义的转型创作吧。

记者：读过商震《吉狄马加：永远的诗人》，他用“谦和”、“宽阔”、“诚恳”、“睿智”、“粗犷”、“率真”、“悲壮”、“血性”、“忧郁”……来素描现实和诗境中的您，您觉得到位吗？还可以补上哪些关键词？

吉狄马加：有很多批评家从不同的角度对我的诗歌作过评论，当然是仁者见仁智者见智。我想，批评家因为愿意阅读和理解我的诗歌而发言，更重要的是，他们表达了对诗歌的文化意义和社会价值的关注。对我个人来说，一个诗人在面对自己内心和灵魂而创作时，所注重的是如何真实地诉说、准确地表达，而不是把被评论作为追逐的目标。

人是复杂的生物。随着经历、身份的变化，一个诗人的语境和关注点也会发生调整。当然真正的诗人永远是真理的仆人，是真善美的捍卫者。官员和诗人并不对立，比如聂鲁达曾经是议员，法国大诗人阿拉贡是法共总书记。所以我觉得最关键的词就是做好“诗”和做好“人”。

记者：请问您的休闲方式一般是怎样的？您出生在苍鹰俯瞰的大凉山，现在却徜徉在青海湖畔，哪里才是您精神皈依的“故乡”？叶落归根，根系哪里？

吉狄马加：阅读，不停地阅读，不同的阅读，适应各种心境和选择各种环境的阅读，这是我最重要的休闲方式。阅读是拜谒文明的朝圣，是重返时间的旅行，是与智者的对话和交流。当然，与好友相聚，就某些有趣的话题进行探讨，也是很好的休闲。

正如你的问题所说，对诗人而言，“故乡”属于精神的范畴。在面对生、爱、死等等这些终极命题的时候，我认为，诗人永远在路上。诗人没有归宿，他是一个永恒的流浪者。这具有宿命的意义。当然，作为彝人，大凉山是我生命诞生的地方，也注定是我灵魂的家园，猛虎的呼啸是一种喻言，苍鹰的俯瞰是一种象征。我不会离开。但诗人是行走者、流浪者，他越是寻找回归的道路就距离出发地越远。

吉狄马加:诗歌提升社会生态文明

——接受北京地球村环境文化中心主任廖晓义专访

廖晓义:“一个孩子,站在山冈,双手拿着被剪断的脐带,充满了忧伤”,马加先生,这是从您的诗集里随手摘录的一段,我认为它表达了现代人失去与大地母亲的联系所产生的困惑与悲哀,以及回归大地的渴望。您是我的访谈录里特别的一位,一位彝人,一位诗人,一位副省长。您在诗集中反复提到您是一位“彝人”,让我们从您的彝人情结开始好吗?

吉狄马加:我出生在大凉山的彝族人家,按照彝族父子连名的习惯,我的名字应该是吉狄·略且·马加拉格,那里的山川和文脉在我身上留下了抹不掉的印记。彝族作为很古老的民族,文字超过两千年历史。彝族对生命过程的理解非常深厚,认为人的生命过程和最早创世的动植物同在这个世界上,彝族人的哲学思想就包括和动植物的平等观。这种平等观,对今天善待地球、善待其他物种和文化有很重要的启示意义。

廖晓义:从您的诗集我能感受您对彝族文化有非常深的情

感，您觉得在这样的文化里面最宝贵的东西是什么，这种意识能够给人怎样的快乐？

吉狄马加：彝族有很多仪式，彝族人认为在现实世间人的生命个体和其他的动植物的生命个体是平等的。一个民族的自然观，某种意义上是集体无意识的，已经潜藏在意识的深处，所以人们在思考问题的时候也会受这种思想的影响。我想，离开其他物种生命，人的生命也不会长存，也不可能生活在这个世间。如果地球上大的生物链发生断裂，恐怕人类要在这个世界上独自存活下去是难以想象的，或者说根本就是不可能的。

廖晓义："我站在钢筋和水泥的阴影中，被分割成两半，在有红灯和绿灯的街上，我再也无法排遣心中的迷茫，妈妈您能告诉我吗，我失去的口弦是否还能找到？"您对现代化过程负面影响的敏感非常难得，您对不愿意分裂的状态有一种本能的觉悟和意识。还有您提到您是不愿意切断脐带的孩子，在寻找回归母体、重建和谐的道路。

吉狄马加：首先，我认为今天的人类要解决生存的问题还得从古老的哲学里面去寻找答案。这就好比一个人离出发的地点已经很远，要在精神上回归，就必须找到回家的路。很多现代人都处在一种分裂的状态，个群分裂、身心分裂、天人分裂，但他们并没有意识到这种分裂的状态，也不了解分裂是怎么来的。我觉得目前很多人对所谓现代生活，特别是对所谓的现代文明是有错误理解的，他们以为现在这种生活方式是最好的，其实是处于一种麻醉状态。这是由剪断了连接大自然的脐带造成的，他们不把大自然看作滋养生命、维系生存的母体，而把它作为破坏的客体和毁灭的对象。

廖晓义：现代人可以依靠科技的力量挣很多钱，但是生命意识处于萎缩状态。而真正天人合一的土著文化，多元化的土著文化，可以为生活在心灵监狱或者是技术锁链中的人找出真正活着的路。你的诗里面有非常深的生命涌动和真实的感受，这和你的母体文化是分不开的。传统古老的智慧帮我们不离开整体，或者是能够带我们回去的一张地图，或者说一个向导。

吉狄马加：您刚才说的很重要，资源无序的开发，环境生态的破坏，全球气候的变暖，人类快速工业化的发展，是进步了还是倒退？我们应该对人类已经走过的道路进行深刻的反思，或者说应该在理论和现实上进行一些比较深层次的研究，回答一些非常严峻的问题。人类发展到今天，尤其是现在这种发展模式，我以为更多的还是建立在西方的发展模式之上，这种发展模式引发的资源问题，人类生存环境问题，其严重后果不言而喻，问题现在已经凸显。

这个时候，我们更应该从中国古老哲学的角度出发，来思考和对待自然，对待自身的生活方式，来思考世界和中国发展的未来。怎么能更好地处理人和自然的关系？其实早已有答案，中国古代哲学和东方哲学把人和自然包括在一起，阐明了人自身的内心世界和客观世界对应的关系，应该说这是东方的智慧。现在有很多人已经有这样的共识，要解决世界的问题，包括西方的一些社会学家和哲学家也这样认为，应该从古老的东方哲学中寻找答案。特别是在经济飞速发展的今天，我们人类应该对未来承担什么样的责任，我们必须要有一个明确的态度。

廖晓义：联合国有一个土著年，您为此写的一首诗非常动情。这诗里面体现的是一种万物一体的生存智慧。但是现代文明和工业文明社会，把这个常识遗忘了。这样一种生存智慧，有没有可能作为有益的精神遗产解救现代人的苦难？

吉狄马加：这是肯定的，现在我们已经发现了一些问题。比如说在全世界经济飞速发展的过程中，仅仅气候变暖一项，就已经给人类的生存与发展造成致命的威胁。世界上有许多土著民族，都有万物一体的意识，我们今天应该用这种思想来调整现代文明的发展观和价值观。这些古老的民族认为，所有的人和他们赖以生存的环境都是一个有机的整体，二者是不可被任意分割的。生命崇拜和自然崇拜，比资本崇拜要明智得多，要人道得多。

廖晓义：你反复讲你是一个彝人，不能离开母体的生命之根，您这个感受怎么能够更多地分享，让更多的现代人在迷惑中找到安身立命的地方？

吉狄马加：一个热爱自然的人，特别是一个诗人，当然首先是民族的文化养育了他，是他的故乡和土地养育了他，这就如同俄罗斯的伟大诗人普希金，他首先是属于俄罗斯的，同时他也是属于全人类的，从这个意义而言，他是人类之子，同时也是自然之子。我们每一个诗人都是人类文明之子，当然同时也是自然之子，我们时刻需要去唤醒自身对于人类文明的感情，同样也要去时刻唤醒我们对大自然的感情。

作为大凉山的儿子，我对于青藏高原有着和大凉山一样强烈的自然情感，就像本土的人民热爱自己的家乡，在这里我只能用诗的语言来介绍青海：你到过青海吗？如果你没有到过青海，你一定曾经在种种亦真亦幻的传说中对青海高原产生过强烈的向往。也许这其中包含了许多的猜想与梦幻，至少说明这个向往本身就是一种诱惑。当你来到高原，你一定会发现，你所体验的和感受的一切，都将成为你终身难忘的人生经历，在青藏高原，天地时空的博大给你带来悠远的思绪，雪山草原的壮丽为你增添豪迈的情怀，江河大湖的奔放激发你无限的灵感，古刹梵钟的庄严赋予你深沉的超越感，田园牧歌的静美升华你身心的和谐。这就是我用诗的语言向你介绍的青海。

廖晓义：我被您的彝人的气脉、诗人的气息感染了，几乎忘了您同时还是一位领导，一位用诗意和理性实践着“生态立省”战略的青海省副省长，当诗人与当官，有什么相悖之处吗？

吉狄马加：我以为做官和做其他的工作一样，是分工不同，做官就是为老百姓工作的一个工种。曾经有人问我，你既是一位诗人，同时又是一位政治工作者，这两者能结合好吗？我说，诗人不是一个职业，他常常是一个角色，而政治工作可以作为一种职业。在西方很少有诗人是靠写诗养活自己，我看这在世界别的地方也一样。至于把从政和写诗结合在一起的却不乏其人，比如说塞内加尔前总统桑格尔就是一位伟大的诗人，法国现代主义诗人阿拉贡就担任过法共总书记。对我而言，政治工作就是一种职业。而写诗是我面对自己灵魂的独语，是我对这个世界倾诉我的思想的一种方式。当然，人和人比较其差异性是很大的，不是每一个诗人都具备从政的能力，都有从政的经历，这一定要因人而异。同样也不是每一个从政的人都具有诗人的禀赋。不过我希望有更多的、有人文背景的人来参与管理国家的行政事务，我相信，一个开放的、民主的中国一定会有更多有学术才能而又具备行政能力的人走上政府工作的领导岗位。

廖晓义：也就是说，诗性的思维恰恰是对于工具理性的一种调和与补充，诗性思维所特有的知觉场以及自然情感有助于对事物的洞察和全面把握。

吉狄马加：作为一个诗人，作为一个地方官员，工作在今天的青海，我们不能仅仅从单纯发展经济的角度看问题，我们一定要考虑经济和社会的协调发展，今天在发展中我们感到最大的压力就是生态压力。生态的压力来自两方面，一个是我们自身在发展中要树立正确的生态观，另一方面是我们需要在发展中寻找到一条环境友好、可持续的发展道路。青海地处三江之源，是长江、黄河和澜沧江的源头，这里是地球的第三极，有着举世闻名的可可西里自然保护区，生态地位十分重要，但是在 GDP 至上的大环境下，青海省却把生态立省作为我们发展经济和社会事业的一个重要指导思想。为了保护好青藏高原的自然环境，青海省政府率先在三江源腹地关闭了不少的金矿和煤矿，对相关地方政府的 GDP 也不予考核。

廖晓义：什么时候开始关的？对 GDP 的影响如何？

吉狄马加：已经好几年了，当然对青海的整体经济会有很大影响，不言而喻会影响 GDP 的提高，但是尽管这样我们还是要下决心关闭这些对环境有破坏的企业，因为它涉及到未来青海生态的保护。经过这么多年的努力，我们已经看到了明显的效果，青海的自然环境有了很大的改善，最明显的是现在江河的水源开始充沛，许多湿地面积开始扩大，高山的草甸植被恢复得很快。可以这样说，通过我们这些年对产业结构的调整，不断发展特色经济和生态经济，我们的绿色 GDP 开始不断增加，更为重要的是，我们也开始把文化保护作为我们发展生态经济的重要内容来抓。

廖晓义：原来的产业关了，用什么样的产业来替代呢？

吉狄马加：当然，实事求是地说，今天青海 GDP 的主要来源还是靠工业，但是可喜的是，生态旅游业和文化产业发展的势头非常好，我们在政府工作报告中，已经把发展生态旅游业和文化产业，作为发展国民经济的支柱性产业来做。把发展生态旅游业作为一个新的经济增长点在青海已经形成了普遍共识。我们力图在青海走出一条新的发展之路，避免那种以损耗资源破坏环境为代价发展经济，而后再耗费大量的人力物力资源进行治理的发展模式。

青海不仅是中国的青海，也是世界的青海。在发展经济过程中，我们永远把环境治理和生态保护放在第一位。青藏铁路沿线把青海湖、环湖赛、塔尔寺、三江源、可可西里、藏羚羊等青海带有浓厚地域地貌特征的名称都连在了一起，使得青海旅游的整体形象明显提升。大量旅游者的到来，也为青海的发展带来了新的商机。旅游出现突破性的进展，藏毯、唐卡等重要的非物质文化资源正在成为重要的产业，这既对非物质文化遗产的传承起到了积极推动作用，同时也为农牧民就业提供了机会。

在这里需要说明的是，尽管青海将建设高原旅游名省作为旅游业发展的战略目标，但始终还是将环境和生态保护放在首位，青海是长江、黄河、澜沧江以及黑河的发源地，素有'中华水塔'之称，是中国重要的水源地和生态屏障。所以我们对青海三江源、可可西里等自然保护区的旅游线路有着严格的规定，其目的就是要将旅游对保护区环境生态的破坏程度降到最低。

在工业化时代，世界上的净土是越来越少，青海高原就是这样的净土。保护好这片最后的净土，是我们的政治责任，同样也是我们的道德责任。发展生态旅游，必须有一个好的环境作为前提。青海的生态资源对全国乃至全世界都有着特殊意义。

廖晓义：生态文明是诗的文明，这个颇有诗意的定义，最多被认为是文人雅士的生活理想，您能把这样的生活理想变成文化产业吗？

吉狄马加：诗意的认知对于我们挖掘青海的文化资源和旅游资源是有意义的，对于市场创意也是有帮助的。2007 年我们成功举办了首届青海湖国际诗歌节，有来自四十多个国家的两百多位诗人出席了这一世界诗坛的盛会，特别令人感动的是青海湖国际诗歌节被众多国际媒体称为"东方的一个创举"，它极大提升了中国在国际上良好的生态文明形象。这届诗歌节的主题是"人与自然——和谐的世界"，许多来自世界五大洲的杰出诗人，围绕着这一世界性主题发表了意见，有许多意见都是建设性的，由大会所有诗人签名的《青海湖诗歌宣言》就体现和表达了这一主旨思想。青海湖国际诗歌节已经成为继波兰华沙之秋国际诗歌节、马其顿斯特鲁加国际诗歌节、荷兰鹿特丹国际诗歌节、德国柏林诗歌节、意大利圣马力诺国际诗歌节、哥伦比亚麦德林国际诗歌节之后，又一在国际上享有盛誉的诗歌节。

2007年我们举办的“国际水与生命音乐之旅”，实际上也是从保护水的角度来保护生态，提醒全世界来关注和保护我们的地球。我们还举办了“世界山地纪录片节”“三江源国际摄影节”“首届青海国际唐卡艺术与文化遗产博览会暨第五届民族文化旅游节”，创立了一系列具有国际影响的文化品牌，极大地提高了青海的对外文化影响力。很显然，这是新的发展智慧在指引着青海，我们把发展高端文化产业作为宣传青海的一种契机，从而不断提升青海的生态文明形象。

我认为，各民族民间文化所蕴涵的思想资源、传统精神、人文思考、民族品格等等都是我们祖祖辈辈留下来的珍贵财富，有效的合理利用和传承发展，必将进一步地推动青海文化事业和文化产业的蓬勃发展。

2008年，青海省政府向北京奥运会免费提供三千零三十块奥运会奖牌用玉石，通过这一重要的契机以及宣传，青海昆仑玉已经名副其实地成为了国玉。它让青海再一次地走向了世界，同时也让世界有了一次近距离了解青海的机会。

廖晓义：透过您从政过程中隐隐的“诗意”，我们看到了东方智慧变成文化产业的希望，走向生态文明过程中青海省先行一步的希望。生态产业、创意产业、养生产业是人类走出物质产业的资源耗竭困境的新的出路。

吉狄马加:我想,人类要走出这一困境,就必须敬畏生命,敬畏自然,在这样一个物质主义的时代,追求人类高品质的精神生活,是我们发展生态产业、创意产业、养生产业的最终归宿。今年我们要出版一本众多国际诗人写青海的诗歌集,名字就叫《最后净土的入口》,我想这本身就具有一种象征的意味。

廖晓义:净土也包括心灵的净土吧?

吉狄马加:我们现在对青海的经济和社会事业发展进行了重新定位,这无疑是我们发展的需要。我们要全面地正视自己的资源,更加重视过去一度忽视了的生态旅游资源、民族文化资源,我们要把这些资源作为我们发展生态经济的重要资源来源。现在全世界都非常注重国家软实力的建设,文化是综合国力的重要组成部分。我们只有把青海特殊的地理资源,民族文化资源,甚至包括宗教资源用足用好,利用这些资源发展创意性产业,我们才能走出一条既符合青海实际,又符合可持续发展要求的成功之路。一句话,青海的经济和社会事业不管怎么发展,我们都要把生态保护放在第一位,这个大前提任何时候都不能改变。

廖晓义:您说的把生态保护放在第一位,正是生态文明核心概念中的第一条:敬天惜物、顺应自然,不是用破坏环境而是保护环境顺应环境的方式发展经济。重要的是,怎么让生态文明的核心概念变成落地的战略。

吉狄马加:现在我们每年要做的活动很多,围绕的主题就是怎么进行生态文明的建设，怎么实践我们生态立省的理念，怎么使我们的经济和社会事业发展做到又好又快。我们现在一方面在工业上发展循环经济，正在积极建设柴达木循环经济实验区，另一方面我们在生态农业和生态畜牧业方面也在进行积极的探索，为传统农业和畜牧业向现代农业和畜牧业转型积极努力。我想，经过若干年的不懈奋斗，我们一定会走出一条适合青海发展的生态经济之路，而我相信，我们一定会为这个世界的发展贡献出一种别开生面的生态经济发展方式。

廖晓义：生态文明核心概念的第二条是“万物是关联的”，生态文明就是爱的文明，而生态文明建设之中最要紧也是最困难的，就是唤起人类对于大自然的责任和爱，我读过您为保护母亲河行动写的诗，“当诗人望着断流的河岸以及被污染的身躯的时候，不禁满怀悲伤，为人类而忏悔，以至不惜牺牲自己的生命捍卫河流的光荣”，您认为这样的情感能够成为大众的共识吗？

吉狄马加：我相信，有的情感一定会成为大众的一种共识，我想，对自然的热爱，就是这个世界上大多数人的美好共识。在青藏高原的文化中有许多敬天惜物、顺应自然的传统，有着个群和谐、天人和谐、身心和谐的万物一体的爱。这一传统已经存在了几千年，我坚信它还会继续存在下去，在这里我想说的是，在今天这个世界都在经历的现代化过程中，我们一定要尊重每一个民族的生活方式，因为每一个民族的历史，都是由他们千百年的文化传统和生活方式构成的，我们特别要尊重许多民族中那些对生态、对环境保护具有特殊意义的价值观和哲学观，这些弥足珍贵的思想，是我们今天处理好人和自然关系的最重要的精神来源和生存智慧。在青藏高原，千百年来藏民族的生活就包含了保护环境、保护生态的令人赞叹的生活方式和生存理念。在青海的贵德县等地，我们在几年前就积极倡导禁用塑料袋，此举得到了老百姓的拥护，因为当地老百姓知道滥用塑料袋，牛马羊等牲畜误食了就会得病而死，这看起来是一个非常浅显的道理，却也透露出了一种淳朴的生态意识，这看起来虽然是一件小事，但却充分体现出了生态文明的文化力量。

廖晓义：也就是说环保和发展一样，不能一刀切地照搬西方模式，要因地制宜、因时制宜、因人制宜，这就涉及生态文明核心概念的第三条：差异是正常的，尊重生物多样性和文化多样性。

吉狄马加：我曾写过一首题为“致他们”的诗，

不是因为有了草原
我们就不再需要高山
不是因为海洋的浩瀚
我们就摒弃戈壁中的甘泉
一只鸟的飞翔
让天空淡忘过寂寞
一匹马驹的降生
并不妨碍骆驼的存在
我曾经为一个印第安酋长而哭泣
那是因为他的死亡

让一部未完成的口述史诗
永远地凝固成了黑暗!
为此,我们热爱这个地球上的
每一个生命
就如同我们尊重
这个世界万物的差异
因为我始终相信
一滴晨露的晶莹和光辉
并不比一条大河的美丽逊色!

廖晓义:在从政的本职中不丢诗人的本色,您对这样的生涯满意吗?

吉狄马加:人的一生会拥有各种机遇,面对各种选择,很多东西是个人无法左右的,关键是朝着一个既定的方向不懈地努力。到目前为止,我做的事情都是自己愿意做、并尽可能让周围的人快乐的事。但一个人很难对自己完全满意,因为生活是有缺陷的,作为一个完美主义者,痛苦是不可避免的,但能对社会国家有所贡献,也算是不枉此生了。作为一个诗人,我们永远行走在生命的过程中,我希望,人的生命和自己所追求的事业永远是灿烂的。

廖晓义:用诗开始的访谈,还是用诗来结束。您写过一段短文《诗歌是我对这个世界最深情的倾诉!》,请允许我用这一段诗意的文字来结束采访;

我敬畏群山。因为我的部族就生活在海拔近三千米的群山之中，群山已经是一种精神的象征。在那里要看一个遥远的地方，你必须找一个支撑点，那个支撑点必然是群山。因为，当你遥望远方的时候，除了有一两只雄鹰偶然出现之外，剩下的就是绵延不断的山脉。群山是一个永远的背景。在那样一个群山护卫的山地中，如果你看久了群山，会有一种莫名的触动，双眼会不知不觉地含满了泪水。这就是彝族人生活的地方，这样的地方不可能不产生诗，不可能不养育出这个民族的诗人。我历来相信，诗歌过去是，现在是，将来依然是人类精神世界中最美丽的花朵，只要人类存在，诗歌就会去抚慰一代又一代人类的心灵。诗歌作为人类精神财富中永远不可分割的重要部分，它将永远与人类的思想和情感联系在一起。诗歌永远不会死亡！对我个人来说，创作诗歌是我对这个世界最深情的倾诉；作为一个彝族诗人，写诗是我一生必须坚持的事业。诗歌是人类通向心灵的小路，是意大利诗人莱奥帕尔迪所说的“无限”。诗歌点燃的火焰，将始终穿行在生命与死亡的峡谷之间。

民族文化传承与国际文化品牌的创意及其成长

——接受《文艺报》记者专访

在全球经济一体化进程明显加快的二十一世纪，多元文化的交流和碰撞被推到国际浪潮前沿。一个欠发达的多民族地区的文化，如何在对外开放中打造立足世界的文化品牌，又要实现不失个性的传承和传播？近日，本报记者专访了著名诗人、文化学者吉狄马加先生。

记者：我们注意到，在您担任青海省主管文化的副省长的近几年，这个偏远的省份不断以文化的姿态引起外界瞩目，她以出人意料的自信，在全国乃至国际文化领域制造了一个又一个轰动事件。有许多评论认为，青海在文化创意和对外文化交流方面已经走在前列。您认为，青海的自信立足于怎样的理由？

吉狄马加：显然，我曾经从书本上知道青海的文化丰富厚重，源远流长。当我来到高原之后，才切身体会到，这个文化如此富有个性和魅力，如此多彩而生机勃勃，就像一场从古至今从未落幕的戏剧。我发现，青海是一个秘境。她的文化自信孕育在时空的博大之中。正如庄子所说："天地有大美而不言，四时有明法而不议，万物有成理而不说。"似乎这正是对青海高原的一种哲学隐喻。

青海省是世界屋脊青藏高原的主体部分之一，是一片被视为地球最后净土的高大陆。这是一种由高原特殊地理环境和气候条件造就的"大美"，蕴含着自然造化的神奇创意，它带给你视觉的冲击和心灵的震撼。青海的山川草原曾经是西部民族交融演化的大舞台。现在世居民族有汉族、藏族、回族、土族、撒拉族和蒙古族等。在五百五十多万总人口中，少数民族占46%。各民族在不同领域中保持着既有鲜明个性又有现实适用性的历史文化、传统习俗、宗教信仰和生产生活方式。这些丰厚的民族文化是取之不尽的宝藏。

我想，青海最显著的特点，在于它原始壮丽的自然之中蕴含的人类文明与文化，这种文化就像它生存的环境一样，具有某种神秘性，或者说具有某种虽然古老却又不失新鲜和活力的特殊性，它丰厚博大的人性内涵对现代人是一个不可忽略的启示。"天地有大美""四时有明法""万物有成理"。我认为，青海的文化创意和品牌打造就立足于这些自然和人文的特殊优势。

记者：您富有诗意的描述表明了您对青海的了解和热爱。但是，不能回避的事实是，青海是一个多民族聚居、经济和社会发展都相对滞后的地区，在社会事业发展的蓝图上，您怎样定位青海民族文化的特质与个性，您如何看待经济与文化之间这种差异性很大的矛盾？

吉狄马加：青海的经济社会发展落后，这是一个不争的事实。

但是我一直有一个观点，经济的滞后，不完全等于文化、旅游和体育事业的落后，相反，经济欠发达地区往往又是文化、旅游等资源富集的地区，包括青海在内的西部省区在数千年的发展历程中孕育了丰厚的民族文化，而且越是交通不便、贫困的地区，越保存着古老丰富的原生态文化，如果把文化产业发展和贫困地区脱贫致富连接起来，既能够传承文化，也可以使文化的传承得到回报。文化发展具有更大的想象空间和创意空间。

青海是民族文化和原生态文化资源的富矿。以藏文化为特征、多民族文化共存的多元民族文化和以三江源为代表、青藏高原为背景的生态伦理文化，为我们创立既有青海地域和民族标志、又有现代意识和国际水准的文化品牌奠定了基础。但是，由于长期形成的思维定势，我们对这些资源的认识和理解还是不能够真正适应当今社会发展的形势，人们有意无意地、或多或少地忽略了它们的存在，没有把自己丰富的民族民间文化资源作为优势矿产去挖掘、整合、开发。关键是要以文化的视野、全局的眼光、开阔的思维，重新审视过去长期被我们忽视、忽略了的东西。

记者：我曾经在网络和报刊上看到您关于文化创意思考的文字，您提出青海要走出一条欠发达地区文化创意发展之路。那么，在青海民族文化创意和品牌打造的实践过程中，您又是以怎样的思维把一种地域性、民族性的文化优势纳入国际大视野中的呢？

吉狄马加：在二十一世纪的国际关系和世界秩序重建中，文化的影响力已从旧时代的从属地位上升到了起决定作用的主导地位。党中央和我国政府已经把发展文化产业提升到“国家战略”的高度，这对我们来说是一种使命。

发展创意经济是一个世界性趋势。那么，对于社会经济相对落后的青海，创意也是可为的吗？回答当然是肯定的。文化创意产业虽然也要求高度发达的高新技术，但又不完全依赖高新技术，它强调的是以文化促发展的理念，依靠的是文化资源优势，需要的是想象力和创造力。实际上，越是落后地区越应该通过创意思维发展文化事业，实现跨越式发展，探索一条欠发达地区立足于特色创意文化的发展之路。

在当今社会和当今世界，一种区域性的、民族性的传统文化，如果想要延续和发展，仅仅依靠保护是远远不够的，更需要内部的传承和提升，需要对外交流、吸纳和传播。青海并不因为地处高原而远离世界，相反，我们可以凭借位居地球之巅的优势而放眼世界，更加清晰地认识我们自身条件的优劣，从而有效地取长补短、扬长避短，走向世界。青海自然和人文的博大丰厚，感召我们以赞美的形式、充满想象力的话语讲述它的故事。

记者：据我们所知，近几年青海在文化创意方面成就斐然，成功打造了一系列国际知名的文化品牌，青海湖国际诗歌节产生了巨大国际影响，世界山地纪录片节甚至成为世界首创。您能否对有关活动做一些简要讲述？

吉狄马加：近年来，我们在对自身特性和当代社会环境充分认识的前提下，以较大力度进行了一系列文化创意活动，并且拥有了成功的范例，主要包括青海湖国际诗歌节等五个文化品牌。

这些既有青海自然人文内涵、又具独特创新视角的文化品牌，已经成为我们文化创意的代表作。

我首先谈谈青海湖国际诗歌节。这是一个双年节。

青海省地处青藏高原，拥有神奇的自然造化、独特的文化积淀和充满魅力的人类生活传承，这是诗歌的基础。通过诗歌节这座金色桥梁，让美丽的诗歌成为高原人民与世界人民交流对话的语言。

2007 年举办的首届青海湖国际诗歌节，主题是“人与自然——多元文化的共享与传承”。来自世界三十四个国家和地区的二百余位杰出当代诗人，在美丽的青海湖畔，向世界发布《青海湖诗歌宣言》，做出“让诗歌重返人类生活”的承诺。

2009 年 8 月，以“现实和物质的超越——诗歌与人类精神世界的重构”为主题的第二届青海湖国际诗歌节如期举行。参加本届诗歌节的有世界四十多个国家和地区的二百多位著名诗人，更具有代表性，诗人的文化背景更加多样，地域和语言的覆盖面更为广泛，他们的声望和成就进一步提高了诗歌节的品质和地位。不仅国家和诗人之多、活动内容之丰富超过上届，也是迄今世界最大规模的一届国际诗歌节。

首届诗歌节在青海湖边发表《青海湖诗歌宣言》，这本身就是一个创意思维的尝试，在国际上产生的反响是巨大的，被评为世界十大文化名人重大文化创意之一，从而增强了青海湖品牌的文化影响力，并将由此催生出围绕青海湖进行文化、旅游策划的创意产业。

青海国际唐卡艺术与文化遗产博览会暨民族文化旅游节每年举办一届。2009年10月，中国青海的“热贡艺术”被联合国教科文组织列入了《人类非物质文化遗产代表作名录》。享誉中外的“唐卡”，即卷轴画，便是热贡艺术的突出代表。

非物质文化遗产保护的重要意义就在于保护文化的多样性，在文化多样性视阈中，每一个民族所创造的文化具有不可替代性。青海土地上孕育积淀的非物质文化遗产，是青海各族人民奉献给世界的文化财富，因此保护和传承这些珍贵的非物质文化遗产，就是保护青海人民和世界对话的权利。

基于这样的思考，我们以促进文化交流和产业发展为目的，创办了“青海国际唐卡艺术与文化遗产博览会暨民族文化旅游节”。这个节会首先是在传承、传播与交流民族民间文化方面搭建一个平台；其次通过非物质文化保护和民间艺术展示，推动文化产业发展，使市场不断成熟；第三打开了艺术品交易的渠道，为从艺农民拓宽市场，增加收入。

另外，青海在保护非物质文化遗产方面取得了很大成就。比如，作为藏族英雄史诗《格萨尔王传》的发源地和传播地，青海围绕这部史诗做了大量的抢救、整理和研究工作，由青海和其他有关省区共同申报的这个项目，已经被联合国教科文组织列入《人类非物质文化遗产代表作名录》；在青海黄南藏族自治州的同仁地区，建立了西部第一个国家非物质文化遗产保护试验区。我们对文化的态度终究将决定文化对我们的回报。有效的合理利用和传承发展文化财富，必将有力地推动地方文化建设和文化产业的蓬勃发展。

“青海国际水与生命音乐之旅——世界防治荒漠化和干旱日主题音乐会”每年举办。

青海省以中国最大的天然湖泊青海湖而命名，这里发源了黄河、长江和澜沧江·湄公河，因此青海又被誉为“中华水塔”或“亚洲水塔”。在世界日益面临水源危机、面临日益严重的干旱化与荒漠化的生态背景下，我们认为青海应该有所行动、有所作为。

在2008年6月17日，即第十四个世界防治荒漠化与干旱日，青海省人民政府在青海境内蓝色的黄河岸边举办了“首届青海国际水与生命音乐之旅——2008世界防治荒漠化与干旱日主题音乐会”。2009年，第二届青海国际水与生命音乐会如期举办，中国国家交响乐团、世界著名河流流经国家的著名歌唱家同台演出，世界三大男高音歌唱家之一的卡雷拉斯先生也应邀加盟。这两场特殊的音乐会，在其演出前后均成为媒体关注的热点。更为重要的是，这个特殊的音乐会成为中国政府和人民对世界防治荒漠化和干旱的象征性行动之一，在国际上产生了广泛影响。

“中国（青海）世界山地纪录片节”和“中国（青海）三江源国际摄影节”同时举办。从2008年起定为双年节。

青海雄踞青藏高原，山川神奇壮美，是“龙脉之祖”昆仑山的故乡，这就为我们运作山地概念创造了条件。借助于世界对青藏高原的关注，2008年，我们策划并举办了世界山地纪录片节，成功打造了又一个世界各国影视艺术家们创作、研讨和交流对话的国际性平台。所以，我们把本届世界山地纪录片节的主题定为“山地世界，人与自然，多元文化的共享与传承”。正如你所说，这个世界山地纪录片节是一个首创。作为它的创意和组织者，我为此获得了国际自然电影电视节组织颁发的“胜象奖”。

山地世界是民族文化的最大宝库。世界山地纪录片节，旨在以影视的形式、艺术的视角、人文的思考，致力于探索一种特殊的地域环境和文化背景下人与自然的关系，讲述万物生存的故事，并以此反省社会的发展和人的共同命运，为实现人类多元文化的共享与传承而努力。

青海是黄河、长江、澜沧江的发源地，而“三江源”是一个具有独特地理标志的文化概念，也是我们重点打造的国际品牌。“中国（青海）三江源国际摄影节”，正是依托了这种自然造化之奇和人文智慧之美的双重优势而举办的国际盛会。

2006 年到 2008 年，我们连续三年成功举办三江源国际摄影节，每届摄影节均有数十个主题的国内外高水平的摄影展览，作品达到四千至五千幅，每届参加摄影节的中外摄影家都达到三百至五百人，来自世界五大洲的近三十个国家。摄影家赞扬三江源国际摄影节已经成为摄影界大团聚的盛会，海内外摄影人共同的节日。许多摄影家连续参加三江源国际摄影节，他们认为青海是摄影资源的宝库，是摄影家创作的天堂。

记者：几乎与环法自行车赛同时，我们总能在各种媒体看到环青海湖国际公路自行车赛的热烈场面。据我们了解，这个赛事在您到任之前就已经举办了几届，而我们感到，近几年它的规模迅速扩大，文化影响力明显提升，在形式和内容方面都进行了哪些创意呢？

吉狄马加：环青海湖国际公路自行车赛始创于2002年，作为亚洲顶级赛事和我国具有高原特色的重要体育赛事品牌，得到了世界各国运动员、国内外新闻媒体以及社会各界的广泛认可和高度关注。

环湖赛已经具有良好的基础和成功经验。近几年，我们更加注重品牌升级，注重市场化运作，注重国际化和地域性、民族性的融合，使环湖赛更加趋于成熟。赛事最初由政府投入，现在逐步向社会开放。2009年，我们发行了即开型环湖赛彩票，这在中国的彩票史上还是第一次。这个彩票在全国发行，不仅解决了赛事经费，也对宣传青海起到了重要的作用。

对于环湖赛，有几点我是非常看重的。第一，着力突显环湖赛的地域特色。我们很好地利用了青海湖地处世界第三极的特殊的高海拔概念，将骑行距离延伸到1500多公里。第二，努力将环湖赛打造成一部视觉艺术的杰作。每年的赛期都值青海最美的季节，比赛路线以青海湖为中心并向四周辐射，高原自然风光和人文事物交替呈现，使环湖赛更具有艺术观赏价值。第三，进一步适应世界对青藏高原的关注。作为对外传播青海信息的一个特殊平台和报道热点，借助众多国内外媒体对赛事的报道，全方位、多角度展示青海的自然、社会和生活。第四，把环湖赛办成青海各族人民的盛大节日。第五，让环湖赛的品牌效应为青海社会注入活力。近几年，各行业通力协作，一个围绕"环湖赛"的第三产业链正在形成。

另外，我还要介绍一下青海高原世界杯攀岩赛和中国青海国际抢渡黄河极限挑战赛。说到高度，作为世界屋脊的青藏高原具有不可比拟的象征意义。而在这个高度上继续攀登，对于我们的自然生命和想象力都是一种不能抗拒的诱惑。青海高原世界杯攀岩赛就是基于这种象征、这种诱惑而创设的。到 2008 年，青海已经举办了三届，在此基础上，2009 又成功举办了第十届世界攀岩锦标赛。这也是世界攀岩锦标赛历史上唯一一次在欧洲之外举办。

黄河极限挑战赛具有民族文化背景和民间体育基础。青海是黄河的发源地，她以母亲的情怀养育了青海的文化和各族儿女。中国青海国际抢渡黄河极限挑战赛每年在这里拉开帷幕。2009 年挑战赛新增设了黄河流域古老水运工具羊皮筏子项目的角逐，更加注重挖掘民间传统活动的文化内涵，将非物质文化遗产更好地传承下去。

记者：去年，我们很多人在北京观看了大型音画歌舞史诗《秘境青海》，这是一台具有浓郁的东方文化内涵和国际艺术语言的杰出作品，令人震撼。我们知道，您不仅是这台节目的创意策划者，还亲自编写了文学剧本并且参与编导。您认为这对青海民族文化的传承和品牌打造有哪些意义？

吉狄马加：随着我省经济发展和社会进步，人民对精神文化生活的追求不断增强；青海具有独特的文化、民族和自然地理资源，应该以此打造自己的代表作品。2009 年上半年，我们相继打造了大型音画歌舞史诗《秘境青海》和《雪白的鸽子——青海花儿音乐诗剧》两台节目，先后在北京首演，获得了业内专家和观众的普遍好评。大型音画歌舞史诗《青海秘境》是一台以昆仑神话为素材，充分展示青海自然、历史和民族文化多样性的大型音画歌舞。《雪白的鸽子——青海花儿音乐诗剧》则以青海河湟花儿为创作题材，生动展示了青海独特迷人的地域风情和淳朴的民族生活。

打造两台节目并不是我们的最终目的，我们的目的是为新时期的文化体制改革和文化产业发展探路架桥。我们相信，青海民族文化以其鲜明的地域性、多元性和原生态性而具有不可取代的价值。青海文化的产业进程符合振兴中华民族的目标，符合中国社会历史发展的趋势，符合青海人民的情感和利益。应该说，这就是我们打造《秘境青海》和《雪白的鸽子——青海花儿音乐诗剧》两台节目的社会价值和时代意义。

记者：作为诗人，您要保持新奇的想象力和创造性；作为文化学者，您要体现人文关怀和哲学思考；作为副省长，您必须始终站在服务社会、传承青海民族文化的最前沿。网上有评价说，您以民族的气质、国际的眼光和运作自如的掌控能力，已经成为近年来国内文化创意方面具有象征性的重要人物。您认为，自己如何将文化的使命和社会的责任融为一体？

吉狄马加：可以肯定地说，我个人一点也不重要。如果说有某种重要的因素和我在一起，那是因为诗重要、文化重要、民众的利益重要。文化的精髓是诗，诗的责任是自由和尊严，人的自由和尊严是社会进步的目标。从这个意义上讲，诗人、文化学者或者政府官员，并没有本质的区别。

我努力做一个诗人，是因为我们没有权力因为物质而忽略精神，没有理由因为享乐而牺牲思想；我热爱文化，是因为我们不能回避生存方式中的伦理命题；我勤奋工作，是因为我们不能推却社会发展中的历史责任。既然人类是诗意、智慧和理性的动物，就必然要脱离本能的野蛮和机械的冷漠，从而追求富于想象力、创造力和建设性的生活。我认为，所谓创意，并非仅限于做成功一件事情，关键是能够用创意的思维去影响发展的轨迹，去推动社会的进步，去实现人类应当享有的和平、文明和尊严，去创造人与自然和谐相处的幸福生活。

对我个人而言，作为诗人，我对一种富于创意的生活充满期待和信念；作为地方政府的一位负责人，我对一个拥有创意的社会负有责任和使命。

河流的畅想

——第二届青海国际水与生命音乐之旅主题音乐会前夕接受《西海都市报》记者采访

第二届青海国际水与生命音乐之旅——2009 世界防治荒漠化和干旱日主题音乐会将于 6 月 15 日在海南藏族自治州贵德县黄河岸边举办。毋庸讳言，这是我省文化史上又一盛事。在音乐会举办之前，本报记者专访了吉狄马加。

记者：本届音乐会的主旨是什么？

吉狄马加：音乐会将以演奏演唱的方式，以鲜明的主题、亲近自然的形式，传达中国政府为缔造和谐世界、生态文明、和平幸福的人类生存环境所持有的积极态度及乐观精神。以讴歌生命、敬重自然、赞颂河流、倡导和谐、传承文明为主旨。这是一曲来自地球之巅的天籁之音，这是一条跳动着浪花音符的音乐河流，这更是一首献给这个世界河流的欢乐礼赞，我们将聆听到自然的妙韵，生命的颂歌，河流的畅想。

记者：青海国际水与生命音乐之旅为什么以世界防治荒漠化

和干旱日为主题?

吉狄马加:水是生命之源,生存之本,也是人类社会发展不可缺少和不可替代的重要自然资源和环境要素,但是在全球范围内,水资源日益短缺和水质不断下降,已经并且仍然在加剧生存环境的恶化,严重制约人类社会的可持续发展。荒漠化和干旱,就是水资源危机造成的重大环境挑战之一,人类的生存与发展面临着前所未有的困境。为此,我省决定于 2009 年 6 月 15 日在贵德县蓝色的黄河岸边举办"青海国际水与生命音乐之旅——2009 世界防治荒漠化和干旱日主题音乐会"。

记者:音乐会为什么要选在贵德黄河边举办?

吉狄马加:青藏高原是一块以神奇和美丽著称的净土,它象征着当代人类的心灵梦想和精神归宿。在青海省境内,发源了孕育伟大东方文明的三大河流:黄河、长江、澜沧江,因此被誉为"中华水塔"。黄河在青海境内,曲折奔流近两千公里,大部分河段和流域都是清澈的水质,其中贵德县境内最为突出,有"天下黄河贵德清"的美誉,这里显示出水与生命之间亲切和谐的关系。这片地域融山川江河的奔放、高原湖泊的舒展和天光云色的灵动为一体,质朴中透着高贵,优雅与宏伟交织。

在中国文化和中国人心里,黄河的崇高地位不可取代,除了象征庄严与神圣,还含有几分悲壮与苦难,而贵德境内的黄河却多了一些令人惊喜的美丽、和谐,一切生命和它们生息的环境保持着古老而密切的联系。这里保存着黄河孕育的灿烂古代文明,延续着传承千年的歌舞故事,融合了多民族的历史文化和生存文化。人与自然，宗教与生活，构成了一首古朴、厚重、弥漫着历史回声的文化颂歌。

记者：举办这样一场音乐会对青海的对外宣传有什么意义？

吉狄马加：青海既是自然资源大省，也是人文资源的富矿区，同时更是承担重要生态环保任务的省份。中国政府明确提出建设生态文明、构建和谐社会的奋斗目标，这是一种人与自然和谐相处、亲切对话和共同持续发展的理想境界。青海不仅在生态环保上具有极其重要性，也显示了缔造一种人与自然和谐共融的可能性。在水的滋养下、在黄河的护佑下，这里将奏响一曲发展理念与自然伦理深层对话的时代之音。

举办水与生命主题音乐会，可以充分体现省政府和全省人民保护和建设三江源生态环境的决心与信心。传达人类与万物共有一个地球、共有一个美好理想的心声。让世人更加关注与热爱青海，让青海走向世界。

记者：本届音乐会与第一届的主题为什么是一样的？举办规格与规模有什么不同？

吉狄马加："水与生命"将是这个音乐会不变的主题，以后每年，我们都会在贵德黄河边举办这个音乐会，并将它作为一个品牌来打造，以宣传、塑造青海对外开放的形象。水与生命音乐会将成为人们了解青海、认识青海的一个窗口，一个文化和艺术的平台。

本届音乐会与上届比起来最大的特点是，把全世界哺育了人类文明的若干条伟大河流流经的国家的著名歌唱家、艺术家请到了青海，请他们歌唱水、歌唱生命。把他们请到青海来，在世界屋脊上，举办水与生命为主题的音乐会，这在全世界还是第一次。届时，许多著名歌唱家将到场演唱，比如，世界三大男高音之一卡雷拉斯，还有，印度、美国、法国都派出了优秀的歌唱家。此外，国家交响乐团也将参加演出，演奏交响乐《重归三江源》。总之，这台音乐会将是不同凡响的，将在我省、全国乃至全世界都产生影响。

我们将在这里树立一个关注和保护水、生命、环境的文化品牌。

荒漠化是指气候异常和人类活动等因素造成的干旱、半干旱和亚湿润干旱地区的土地退化。半个多世纪以来，由于人类过度耕种、放牧和滥伐森林，植被遭到破坏，水土流失严重，从而加剧了荒漠化对人类的威胁。

荒漠化现象的加剧引起国际社会广泛关注。1975 年，联合国大会通过决议，呼吁全世界与荒漠化作斗争。1977 年，联合国在肯尼亚首都内罗毕召开世界荒漠化问题会议，提出了全球防治荒漠化的行动纲领。1994 年 11 月 14 日，包括中国在内的一百多个国家在巴黎签署了《国际防治荒漠化公约》。同年 12 月，第四十九届联合国大会根据联大第二委员会（经济和金融委员会）的建议，决定从 1995 年起，把每年的 6 月 17 日定为“世界防治荒漠化和干旱日”，旨在进一步提高世界各国对防治荒漠化重要性的认识，唤起人们防治荒漠化的责任心和紧迫感。

近年来，许多国家逐渐意识到土地荒漠化的严重后果。不少国家将防治土地荒漠化、保护生态环境作为国家可持续发展的重要内容，根据国情制定并实施了防治荒漠化的具体计划，并取得了一定的成果。但全球荒漠化现象依然很严重，荒漠化治理还需各国坚持不懈地努力。据联合国公布的数字，不当的人类活动以及气候变化导致占全球41%的干旱地区土地不断退化，全球荒漠面积逐渐扩大。目前，全球有一百一十多个国家、共十亿多人正遭受土地荒漠化的威胁，其中1.35亿人面临流离失所的危险。全球每年因土地荒漠化造成的经济损失超过四百二十亿美元。

2009年6月14日

探索一条欠发达地区发展特色创意文化的成功之路

——接受《文艺报》专访

记者　王山

圣殿般的雪山
在可可西里的暮色上
燃烧着金色的火焰
我呼吸秋天无边的旷野
遥望星群以及天空的幻象
如何坠入黑暗的母腹……

——引自彝族诗人吉狄马加的诗歌

2010年8月16日，世界音乐史和中国文化历程中的一个创举诞生了，在中华民族文化史上享有“万山之祖”和“中华神话摇篮”盛誉的昆仑山山口玉珠峰下，于海拔四千三百米处举行了“圣殿般的雪山——献给东方最伟大的山脉·昆仑山交响音乐会”。

音乐会由中共青海省委宣传部、青海省文化和新闻出版厅、青海省广播电视局、青海省旅游局、青海省人民政府新闻办公室、格尔木市人民政府、青海电视台、青海人民广播电台主办。这场由谭利华担任指挥、北京交响乐团演奏的音乐会的曲目，分别是作曲家郭文景为这场音乐会专门创作的交响合唱《圣殿般的雪山》和贝多芬第九交响曲中的交响合唱《欢乐颂》，身着五十六个民族服装的昆仑山合唱团成员担任伴唱。这场音乐会因海拔最高而载入吉尼斯世界纪录。该音乐会的策划者、组织者，也是创作者之一的彝族诗人、中共青海省委常委、宣传部部长吉狄马加，在海拔四千三百米的昆仑山下，接受了记者的采访。

记者：没有人会认为，这个音乐会的目的和意义仅仅是创造一个记录，然后得到一个什么证书，还是请您谈谈策划这场音乐会的初衷吧。

吉狄马加：整个世界从未像二十一世纪这样充满着对传统文化的自觉与迷恋。无论东方还是西方，无论文明古国还是现代发达国家，所有民族都在从文化的深层积淀中铸造打开未来之门的钥匙，构建通向未来的话语体系。于是，古希腊、古罗马文明被重新挖掘，古埃及文明被重新解释，古印度文明被重新认识，延续至今的中华文明当然被推到了时代的前沿——而这个古老文明最甜美的果实之一，就是远古神话。同所有古老文明一样，中国远古神话是古代文明的土壤和源泉。在中国古代神话的大观园，昆仑山无可置疑地立于统领地位。昆仑神话是我国保存最完整、结构最宏伟的一个体系，磅礴大气、雄浑诡奇的昆仑神话是中华民族文化的源头之一，是中国作为文明古国的象征，也是中国早期文明的曙光。昆仑神话源远流长、博大精深，有着极其深厚的影响力，代表着中国远古文化的最高峰。在面向未来、回望历史的文化观照中，昆仑神话就必然要进入我们的视野。所以我们面对圣殿般的雪山，满怀对文明的敬仰，以重塑神话、领悟历史、展示文化为目的，策划并组织了这台献给东方最伟大山脉的交响音乐会。音乐会将致力于一种文化的解析和阐释，通过传神的音乐语言，唤起人们对文化根源的认同，探讨传统文化的历史意义和现实价值，赞颂中华悠久的历史和灿烂的文化。

记者：把这样一个主题的音乐会放到这样一个特殊的场景当中去实现，挑战的不仅是演奏者和倾听者的生理极限，还有许多其他的东西，譬如我们对中华民族传统文化的理解与对当今世界所应展现的姿态。

吉狄马加：青海是昆仑山的故乡，也是昆仑神话的重要成长地和传播地。在这片上苍造化的高原上，在江河源头、昆仑山下，几万年前就有人类生息繁衍。在这里，昆仑神话不仅仅是一些传奇的故事，它还包含着历史的雄浑沧桑和人类的生活之美，包含着深切的人性关怀，更体现着敬重万物、人与自然和谐共存的理念。这一文化的精神至今仍是高原人生存与发展中不可分割的一部分，它讲述着先民们的故事，启示着现代生活的意义。所以，这个舞台是文化的选择，这个音乐会是人神共舞的绝唱。我们并不单纯是选择了一个舞台或者一种背景。在这个精神符号中，包含着浓厚的东方哲学思想和文化情结。

记者：我对您在这个音乐会当中的多重身份很感兴趣，您专门为这个音乐会创作的诗歌《圣殿般的雪山》无疑是交响乐的原初动力，青海省文联党组书记、主席、藏族作家班果告诉我，他第一次阅读《圣殿般的雪山》是在半年前，他认为，这是一首闪耀着神性光辉的诗歌，无疑是昆仑山交响音乐会的点睛之作。郭文景说："吉狄马加的诗很现代，充满了奇妙的想象，因此，我在创作时也有了很好的想象空间。在写这部作品的时候，我觉得和以往不一样。我以前写东西还会想到个人的表达、个人的风格。这一次，我是超越了这个东西，我是满怀着敬畏的心情在谱写这个音乐，因为它是圣殿般的雪山，是文字本身的宗教情感和虔诚心情打动了我。"

吉狄马加：我写这首诗和策划这场音乐会，旨在一个古老民族文化记忆的时代传承。这场音乐会的举办，让我们得以实现一次历史时空穿越、一次中华文明的洗礼，唤起我们对自然、自由、文明和生存的热爱。我相信，作为回报，所有创作者和倾听者，都必将获得我们生命中一次难忘的经历，这将是我们一生中最圣洁、最光辉的时刻之一。

一种区域性的、民族性的传统文化，如果想要延续它的生存和价值，仅仅依靠保护是远远不够的，我们需要探索一条欠发达地区发展特色创意文化的成功之路。

记者：近年来，青海做了不少活动，比如青海湖国际诗歌节、"水与生命"音乐会、世界山地纪录片节、三江源国际摄影节、国际唐卡艺术与文化遗产博览会以及环湖自行车大赛、世界杯攀岩赛、抢渡黄河极限挑战赛等，还有就是这次的交响音乐会。做这些事情是要花费极大的人力物力的，我也听到一种声音，就是青海还是经济上欠发达地区，玉树又刚刚受灾，对搞这些活动是抱着一种质疑的态度的。

吉狄马加：近几年青海做的一系列的旅游、文化、体育创意活动和我们总体的执政观念、执政方式有密切的联系。青海省提出的“生态立省”不是简单的一句口号，而是我们很重要的执政理念。青海地处三江源——长江、黄河、澜沧江的源头，生态地位非常重要，承担着很重要的环保任务。近几年抓的生态旅游，其目的也是通过倡导低碳生活来发展高原特种旅游、生态的特殊旅游，也是在一个大的执政理念下做的一些文化创意，包括重要的旅游、重要的生态经济发展、重要的文化事业发展。青海的文化创意和品牌打造就立足于这些自然和人文的特殊优势。当然，青海经济社会发展的落后，也是一个不争的事实。但是经济的滞后，不完全等于文化、旅游和体育事业的落后，相反，在经济欠发达地区往往又是文化、旅游等资源富集的地区，同时也孕育了丰厚的民族文化，而且越是交通不便、贫困的地区，越可能保存着古老丰富的原生态文化。由于长期形成的思维定势，人们有意无意地、或多或少地忽略了它们的存在，没有把丰富的民族民间文化资源作为优势矿藏去挖掘、整合、开发。我们认为，如果以文化的视野、全局的眼光、开阔的思维去重新审视过去长期被我们忽视甚至忽略了的东西，如果把文化产业发展和脱贫致富连接起来，既能够传承文化，也可以使文化的传承得到回报，文化发展也会具有更大的想象空间和创意空间。

记者：我注意到了在这场交响音乐会中包含着许多民族的元素，合唱团的成员来自汉、藏、蒙、回等多个民族，身着五十六个民族的服装，藏族女歌手天籁般的嗓音……等等，这些民族的元素在交响音乐会这个大的框架下奇妙地组合在一起，浑然天成，彰显了昆仑山神性的魅力，将昆仑山作为一个精神符号、一个文化象征，向世界介绍了大美青海。青海省委书记强卫在音乐会即将开始的时候兴奋地对记者表示："看完这个音乐会就能明白我为什么会说：一次青海行，一生青海情。"而这其中的发动机就是创意，一个诗人的创意，也是一个宣传部长的创意。

吉狄马加：发展创意经济是一个世界性趋势。文化创意产业虽然要求高度发达的高新技术，但又不完全依赖高新技术，它强调的是以文化发展经济的理念，依靠的是文化资源优势，需要的是想象力和创造力。实际上，越是落后地区越应该通过创意实现同发达地区处在同一起跑线上，通过创意思维发展文化事业，才能实现跨越式发展，探索一条欠发达地区发展特色创意文化的成功之路。在当今社会和当今世界，一种区域性的、民族性的传统文化，如果想要延续它的生存和价值，仅仅依靠保护是远远不够的，它更需要在内部传承和提升，需要对外交流、吸纳和传播。青海并不因为地处高原而远离世界，相反，我们可以凭借位居地球之巅的优势而放眼世界，更加清晰地认识我们自身条件的优劣，从而有效地取长补短、扬长避短，走向世界。

与圣山一起聆听

——昆仑山交响音乐会前夕接受《西海都市报》采访

采访者：

2010年8月16日，“圣殿般的雪山——献给东方最伟大的山脉·昆仑山交响音乐会”在昆仑山的玉珠峰下举行。这是一次注定要载入史册的音乐盛宴和文化创举。音乐会的创意者和组织者吉狄马加日前在接受本报记者采访时说，这场独特的音乐会带给大家从未有过的艺术享受，它将对传承文化、启迪生命、弘扬人类和平精神具有重要意义。

记者：“圣殿般的雪山——献给东方最伟大的山脉·昆仑山交响音乐会”将在青藏高原腹地的昆仑山下演出，这一独特的演出形式已经引起了世人的关注。请问这样一种宏阔、庄严、优美的构想，是怎样诞生的？

吉狄马加：首先，这种构想基于新世纪对传统文化传承与传播的重新认识。没有人怀疑,信息科技和以此为核心的传播手段,把二十一世纪送上了一条人类历史上从未踏上过的高速公路,人类社会和人类文明在这条道路上碰撞、交流、融合,并且以前所未有的速度驶向未来。这是一种令人应接不暇的景象。然而,未来并不明朗,因为在那个强烈诱惑的光环下,缺乏一种厚实有力的文化接应。所以,我们又看到,整个世界从未像二十一世纪这样充满着对传统文化的自觉与迷恋。无论东方还是西方,无论文明古国还是现代发达国家,所有民族都在从文化的深层积淀中铸造打开未来之门的钥匙,构建通向未来的话语体系。于是,古希腊、古罗马文明被重新挖掘,古埃及文明被重新解释,古印度文明被重新认识,延续至今的中华文明当然被推到了时代的前沿。而这个古老文明最甜美的果实之一,就是远古神话。

中国远古神话是古代文明的硕果。在中国古代神话的大观园里,昆仑山无可置疑地立于统领地位。昆仑神话是我国保存最完整、结构最宏伟的一个体系,磅礴大气、雄浑诡奇的昆仑神话是中华民族文化的源头之一,是中国作为文明古国的象征,也是中国早期文明的曙光。昆仑神话源远流长、博大精深,有着极其深厚的影响力,代表着中国远古文化的最高峰。上古神人盘古、女娲、伏羲等都出自昆仑;中国著名女神西王母也生活在昆仑。因此,昆仑山在中华民族文化史上有"万山之祖"的显赫地位,不仅是中华大地的主脉,也是中华神话的摇篮。可以说,昆仑山就是中国的奥林匹斯山,是众神所居之地。

那么,第二个理由,我们要探索以令人耳目一新的方式诠释中国传统文化的理念。每个民族都并非为了消遣而创造神话，并非为了打发日子而讲述那些传说。神话讲述的并非仅仅是关于神的故事，它讲述的是人与神的关系，讲述的是人与自然在精神上的不可分离性。这些故事至今依然是高原民族精神生活和日常生活的一部分，它们活着、流传着，一代代传下来。伴随几千年的演绎，昆仑神话已经由一个神灵谱系扩展为一个根脉发达、包罗万象、遍及神州的民族文化系统。在面向未来、回望历史的文化观照中，昆仑神话就必然要进入我们的视野。

所以我们面对圣殿般的雪山，满怀对文明的敬仰，以重塑神话、领悟历史、展示文化为目的，策划并组织了这台献给东方最伟大山脉的交响音乐会。音乐会将致力于一种文化的解构和阐释，通过传神的音乐语言，唤起人们对文化根源的认同，探讨传统文化的历史意义和现实价值，赞颂中华悠久的历史和灿烂的文化。

记者：昆仑山是东方众神的诞生地，是中华文化瑰丽想象的源泉，以交响音乐会的形式表述昆仑文化，对推介大美青海意味着什么？

吉狄马加：我们必须对神话的文化意义和现实价值有一个充分的认识。人类在其童年时代创造了神话。作为一种记忆和讲述，作为具有象征意义的文化表记，这个神话系统成为每个民族历史文化的源泉。神话不是产生于先民的无聊或者无知，神话诞生在一个族群最初的喜悦、惶恐、敬畏、困惑、苦难、感恩和希冀之中，它构成了人类对生存的解释、规范与把握。而这一切，随着人类的成长有增无减，并且一直融入我们今天生活的细节与生存的深层，也就是说，神话的光辉依然照耀着我们今天的精神生活。我认为，交响乐的恢宏壮丽特别适合传达神话的精神。只有面对神山，我们才能体会这种神话力量的鲜活。

青海是昆仑山的故乡，也是昆仑神话的重要成长和传播地。在这片上苍造化的高原上，在江河源头、昆仑山下，几万年前就有人类生息繁衍。在这里，昆仑神话不仅仅是一些传奇的故事，它还包含着历史的雄浑沧桑和人类的生活之美，包含着深切的人性关怀，更体现着敬重万物、人与自然和谐共存的理念。这一文化的精神至今仍是高原人生活中不可分割的一部分，并启示着现代生活的意义。这个舞台是文化的选择，这个音乐会是人神共舞的绝唱。音乐会的举办，将极大地推动青海国际知名度的提升。

记者：交响音乐会最值得世人期待的是哪些地方？

吉狄马加：首先，圣殿般的雪山——献给东方最伟大的山脉·昆仑山交响音乐会将成为世界音乐史和中国文化历程中的一个创举。这个音乐会的舞台就设在海拔四千三百多米的昆仑山下，而它的背景，就是昆仑山主峰之一、海拔六千多米的玉珠峰。群山、雪峰、冰川和饱含历史的苍茫时空，将是这部交响乐的主旋律。我们相信，自从昆仑诸神诞生以来，他们从未在自己的圣殿倾听过如此辉煌的颂歌。

其次，音乐会由我国著名交响乐团北京交响乐团承担演出任务，主要演奏曲目是杰出作曲家郭文景先生为这场音乐会专门创作的交响合唱《圣殿般的雪山》和贝多芬第九交响曲中的交响合唱《欢乐颂》，我国著名指挥家谭利华先生担任指挥，我国著名节目主持人担任音乐会主持。并有合唱团伴唱。音乐会约为五十分钟。

这两首交响合唱都是围绕主题精心筹划和创作的。我曾经多次到昆仑山下，并在那里创作了《圣殿般的雪山》这首诗，音乐大师郭文景先生根据诗意创作了同名交响合唱。合唱作品以深沉的思想、博大的情怀和穿越时空的呼唤，赞美辉煌灿烂的东方文明，歌颂高贵自由的民族精神，探索光明圣洁的生命价值。这是一个古老民族文化记忆的时代传承。贝多芬第九交响曲中的交响合唱《欢乐颂》，可谓伟大诗人席勒与不朽作曲家贝多芬的珠联璧合之作，它以唤醒人类灵魂的恢宏气势，演绎了一个四海之内皆成兄弟的爱与欢乐的永恒主题，让欢乐女神的光芒普照大地，普照我们的心灵。这两首交响合唱表达的精神，正是这场音乐会追求的境界。

可以说，北京交响乐团和郭文景先生、谭利华先生、合唱团员以及策划、编导等工作人员，为这场特别的音乐会贡献了自己的才华、智慧和劳动，让我们得以实现一次历史时空穿越，经受一次中华文明的洗礼，唤起了我们对自然、自由、文明和生命的热爱。我相信，作为回报，所有创作者和倾听者，都必将获得我们生命中一次难忘的经历，这将成为我们一生中最圣洁、最光辉的时刻之一。

记者：雪山、诗歌、交响乐、昆仑山，这些词汇散发着纯净、明耀的光泽，我们能否把这场交响音乐会的举办，看作是人类对自然、自由、文明和生存的热爱和追求？

吉狄马加：是的，这正是昆仑音乐会最终的目的。中国远古神话结构的最大特点是传说、历史、宗教和艺术想象力的重合与相互渗透，它也同样塑造了整个中国古代文化的基本形象。所以，在探讨当代中国文化以及思考文化发展的今天，民族神话依然是我们可以并且是必须立足的基础。面对神山，我们才能感悟这种神话思维的博大，从这个意义上说，音乐会表达的就是人类对自然、自由、文明和生存的热爱和追求。

2010 年 4 月 22 日

诗歌是文明塔尖上的光辉

——接受《深圳特区报》专访

吉狄马加多年来为推进中国当代诗歌的发展不懈努力，在他的引领下，青海湖国际诗歌节已成为世界七大国际诗歌节之一。近日，他作为第三届广东诗歌节暨首届深圳诗歌节嘉宾来到深圳，记者对他进行了专访。在采访中，他就自己对诗歌社会意义的理解及对目前诗坛热点话题的看法与记者进行了交流。

物质时代诗歌应绽放光芒

记者：现在城市生活节奏太快，浅阅读占主导，人们离诗歌越来越远了。我们应如何看待诗歌在我们社会中的意义？

吉狄马加：在这个消费主义时代，很多人不读诗，并不是一件好事，因为人们的心灵被物质异化了。实际上诗歌是人类文明当中最闪光的部分。在西方，测试一座城市的文明程度，通过统计看纪录片、读诗的人群数量，便大致清楚。如果一座城市大部分人都在看肥皂剧，那这座城市的整体文明水准一定不会太高。一个人在闲暇时是不是通过读哲学著作、读诗歌来充实精神生活，实际上跟个人的文化修养有关。我们需要引导公众改变不读诗的状况。现在太强调物质与金钱，缺少了对精神生活的崇尚与热爱，这些都是我们需要改善的。

当然，我们呼唤一种对称的信息源。诗人也要多关注现代人的精神生活和人的生活状态，而不仅仅是自言自语。诗人必须具有高度的人类情怀，代表着社会的良知。但诗歌毕竟有自己的方式，如果纯粹突显某种概念，或是成为某种工具，那诗歌便失去了艺术价值。

记者：您觉得诗人生活在这个物质膨胀、信仰匮乏的年代，是一种幸还是不幸？

吉狄马加：其实我觉得中国诗人正处于一个非常好的时代。现在文化创作的环境非常宽松，诗人们能进行自由的写作。另外，在中国，诗歌艺术形式已经多元化。随着诗歌艺术不断发展，诗人可以进行纵的继承、横的移植。纵的继承指的是对中国传统的学习与吸收，横的移植是指向其他国家的优秀文明学习。另外随着中国国力增强，横向的国际交流增多，文化是综合国力的重要组成部分，中国诗歌如何在世界民族之林突显自己的作用，这值得我们当今所有诗人共同思考。

"羊羔体"是大众的误读

记者：近年来有个有意思的现象，一边是读诗的人越来越少，但在另一边，人们对诗歌界的新闻却又极为关注，每次都会引发大范围的讨论，比如“梨花体”“羊羔体”就引起了广泛的关注和议论。您如何看待这种现象？

吉狄马加：首先我要说，热炒“羊羔体”的人大部分都没有读过这个诗人的诗。这个作者我认识，他写了很多年诗了，而且他曾写过很多很不错的作品。我读过很多他的诗，但不知道人们所说的“羊羔体”是什么。我发现，抨击他的人，恰恰是对他不了解的人，所以这种对诗的误读是非常可怕的。更可怕的是误读传播后，人们还不寻找真相以正视听，而是以讹传讹，断章取义，群体攻击、炒作，其结果就是将美好的东西毁了。

记者：我觉得在这一事件中，人们不仅误读了诗歌，而且误读了“诗人”的身份。

吉狄马加：写诗是作者表达生活感受的权利，医生、律师、记者、学生都可以写诗，写诗并不是一种职业，任何人写诗都可能获奖，为什么公务员写诗就不能呢？在今天，还有人愿意抽出时间写自己的作品，证明这是一个具有个人生活建设能力的人，对真善美有追求的人，这种人我们不好好保护，而是以一种狭隘的心理去践踏，让人心痛。

历史上许多伟大的诗人是政治家，比如塞内加尔前总统桑格尔是世界级的诗人，诺贝尔文学奖获得者聂鲁达曾是智利的议员，还竞选过总统。在中国，很多伟大的政治家、革命家也是伟大的诗人。我们古代就有文人出仕的传统。从政与诗人的身份并没有冲突。

记者：这种误读的根源何在？

吉狄马加:这种误读,很大一部分源于大众不了解诗歌的重要性。普希金去世时圣彼得堡万人空巷,民众自发去送诗人最后一程,这体现了一个民族深厚的精神文化。如果有热爱生活的天才生活在我们的时代,我们却不尊重和了解他,那是我们的悲哀。

让精英文化与大众文化并驾齐驱

记者:青海湖国际诗歌节明年就是第三届了,除了高端的文化交流外,你们在向市民普及诗歌艺术方面做了什么努力?

吉狄马加:诗歌是人类精神生活中重要的组成部分,精神世界塔尖上的光辉,可以说诗歌文化是一种精英文化。任何一个民族和国家要屹立于世界民族之林,都应该有自己的国际文化品牌,包括国际诗歌节。目前国际上最重要的诗歌节集中在欧洲,亚洲的日、韩等国也举办诗歌节,但国际影响力远远不够。但我们的青海湖国际诗歌节才举行了两届,便跻身全球七大国际诗歌节之列了。第一届吸引了三十五个国家的诗人,第二届有五十个国家的诗人参加,而明年,我们将邀请近六十个国家的诗人一起来参与。我们通过这个平台来加强世界不同文明间的沟通和对话,唤起诗人作家在这个商业社会、物质主义盛行的时代更多地关注人类的生存环境,关注文化的多样性。

但这并不意味着我们将大众拒之门外,相反,为了吸引民众参与,每一届诗歌节我们都要举办几十场朗诵会,有些在博物馆,有些在广场,有些在学校。另外我们的论坛都是开放式的,每年都会吸引很多热爱诗歌的民众进来。而且我们会通过电视直播或者平面媒体把论坛情况传播到民众当中，让大众了解诗人们在关注什么东西。

记者：深圳举办诗歌节有什么意义？

吉狄马加：国内许多省份、城市都在举办诗歌节。这些诗歌节邀请的诗人范围不同，规模和内容设置也有差异，但它们最为重要的共性，是通过诗歌让更多民众热爱生活，共建我们的精神家园，同时通过诗歌提升大众的审美水平，通过对诗歌的了解，认识不同民族的多元文化。

深圳是我国改革开放的窗口，这些年经济上取得了巨大的成就，在精神文明建设方面也取得了瞩目成绩。在经济高速发展的地方，更应该有自己的文化标杆，不仅有读书月这样的大众文化品牌，还应该有诗歌节这种精英文化品牌。一座城市的灵魂正是由不同层次的文化共同形成的。

吉狄马加与一个彝人的诗歌梦想

——答《陌生诗刊》主编古筝十问

古筝：首先感谢您接受《陌生诗刊》专访，其次感谢您对民间诗刊的关注和支持。为节省您和大家的时间，本次访谈的十个问题我将都采取长话短说的方式直接切入。

推动世界文化的交流，除了每两年举办一届青海湖国际诗歌节之外，您是否已考虑和构想了其他相应跟进的举措来加快推动这个发展进程？

吉狄马加：中国是一个具有悠久文化传统的国家，诗歌的历史也非常漫长，在两千多年辉煌的诗歌史上，曾出现过无数伟大的诗人，我们也因他们的存在而自豪。举办青海湖国际诗歌节，是中国作为一个古老的东方大国，在今天国际文化交流频繁的现实条件下的必然作为。让我们高兴的是，青海湖国际诗歌节从创办到现在，虽然时间不算长，但它已经是国际诗坛公认的世界七大国际诗歌节之一，是今天中国对外文化交流的一张名片。下一步，诗歌节组委会将致力于加快不同语种的诗人作品的翻译和出版，使交流更具有实际性的成果。

古筝：推动世界文化的交流，翻译家队伍的素质和数量至关重要，目前我们的翻译家数量远远不够完成这个伟大的历史使命，对此您有何良策？

吉狄马加：这是一件必须关注的事。坦率地讲，今天翻译家的队伍，无论从数量和质量上来看，都大大不如上个世纪七十、八十年代，特别是文学翻译，尤其诗歌的翻译，对翻译家的要求就更高。戈宝权、冯至、卞之琳、查良铮、戴望舒、绿原等等，既是著名的学者、诗人，同时又是杰出的翻译家，他们的素养都是多方面的，可以说是真正的学贯中西。当然今天也还有一些同样杰出的翻译家，但人数还是太少了。我认为，今天的中国必须从国家文化发展战略的高度来认识这个问题，首先要进一步扩大专业的翻译家队伍，特别是依托中国社会科学院外文所和各省社科院这样的专业机构，要给翻译家提供更好的待遇和条件，这样方可保证后继有人。

古筝："每一块石头都是一滴泪/在它晶莹的幻影里/苦难变得轻灵，悲伤没有回声/它是唯一的通道/它让死去的亲人，从容地踏上/一条伟大的旅程。"这是您的近作《嘉那嘛呢石上的星空》中的诗句，它让我为之动容的不仅是发自心灵的悲悯，更有来自诗歌语言的不可抗拒的力量，具有一种深入骨髓的刺穿性。据我所知，很多此类题材的诗歌仅具有政治的意义和短期的效应，而您却能让它具有了高超的艺术性，我想知道，您对诗歌艺术的价值取向是怎样的？

吉狄马加：我认为诗歌作为一种艺术形式，它的存在不应该依附于某种或任何一种非诗的因素，但诗歌无论如何它应该具有“见证”的意义，它是诗人对思想、灵魂乃至于宇宙万物的感受，它有时就如同一束光，而这束光能刺穿时间和历史的厚度。我历来把诗歌当作一种抵抗精神异化的工具，诗歌如果离开了对生命的悲悯、离开了对人类所有不幸的同情，诗歌还会有存在的价值吗？今天的诗人天生的弱项不是诗歌写作技术层面的问题，而是怎么去真正关注人类的命运，关注生命个体的境况。

古筝：我个人很反感诗人身份论，并固执的认同郁葱先生的观念：“诗人就是诗人，与他自身生存的‘身份’无关。”譬如您和第五届鲁迅文学奖获得者车延高先生一样被人为地划为“官员诗人”阶层，您对当下“官员诗人”或“打工诗人”等等提法和划分持何种态度和看法？

吉狄马加：你说的对。“诗人就是诗人，与他自身生存的‘身份’无关”。我曾经对采访者说过，诗人不是一个职业，而是一个社会角色。如果要把诗人按所谓身份去划分，那是十分可笑的做法。难道说哥德是“宫廷诗人”吗？普希金是“贵族诗人”吗？塞内加尔伟大诗人桑戈尔是“总统诗人”吗？阿拉贡是“法国共产党总书记诗人”吗？聂鲁达是“大使诗人”吗？其实这些伟大的诗人，时间和读者只给了他们一个至高无上的头衔，那就是——诗人！

古筝：您 1990 出版过一本诗集叫《一个彝人的梦想》，作为彝族人，彝族悠久的历史与传统文化对您的成长产生了怎样的影响？

吉狄马加：我是一个彝族诗人，可以说是彝民族伟大的诗歌传统深刻地影响了我的全部创作。彝族是一个诗性的民族，包括一些哲学著作，也是用诗的方式完成的。再加上彝族又是一个相信万物有灵的民族，正因为此，我的诗充满着一种神性的光芒，这无疑是与生俱来。作为诗人，我要永远感谢我的这个生活在群山之中并且创造了人类伟大文明的古老民族。

古筝：您先后出版了十多本诗集，在慢生活成为一种奢侈的时代，您如何做到在文山会海的夹缝中保持阅读与写作的习惯？诗歌对您来说是否具有不可取代的价值和意义？

吉狄马加：只有真正保持一种属于自己的阅读和写作习惯，你才能对抗所有对你来说无意义的东西。当然这很难，特别是对一个经常出现在聚光灯下的人。真正的诗人，在离开这个喧嚣的世界之前，我想也只有诗能给他带来片刻的宁静。诗或许就是一种从生到死的庄严仪式。

古筝：身体是革命的本钱，现代人都重视锻炼。您平时喜欢锻炼吗？如果喜欢，都喜欢哪些运动项目？另外，您的业余爱好都有哪些？

吉狄马加：散步，还是散步！

古筝：您如何理解“诗意的”这个字眼？

吉狄马加：这是每个人心中对诗性的理解，如果我能全部告诉你的话，我就不用再写诗了。

古筝：您认为新世纪是一个有利于诗歌生态发展的好时

代吗?

吉狄马加:诗人不能选择出生的时间,这就如同每一个不是诗人的人一样。但诗人在任何时代都应该是人类和民族的良心,他将永远代表正义,永远站在弱者的一边。

古筝:《陌生诗刊》这一期是“二十一世纪十年新经典爱情诗大展”专刊,您相信爱情吗?

吉狄马加:相信! 这是我们生活下去的理由之一。

2011年4月11日

吉狄马加与西蒙·欧迪斯对话

时间:2012年8月13日,青海世界土著民族诗人国际帐篷圆桌会议举办之际

地点:青海宾馆

吉狄马加:西蒙·欧迪斯先生,您作为在美国印第安社会非常有影响的诗人和文化学者,您的到来让我们感到非常高兴。从对你的介绍里我们知道,你是阿科马部落的成员,而我的故乡在四川的大凉山,我们这个部族也是一个历史非常悠久的民族。那天跟您见面的时候我就说过,以前我们虽未见过面,但我们是精神上的兄弟。这次您从遥远的美国来,对我们来说也是弥足珍贵。我也想利用这个机会和你就有关土著民族的生存、保护、发展问题,包括我们的文化保护,包括我们对未来的看法交换一些意见。我希望我们在非常轻松、自由的环境下进行对话。你有什么问题可以随便问我,我也有一些想问你的问题,希望你不介意。

西蒙·欧迪斯(以下简称“西蒙”):我也很高兴出席此次国际土著诗人圆桌会议。一开始,我不知道会议地点就在青海,而青海是藏族聚居地。来到青海,意识到这次会议对藏族及其他土著民族的重要性。我觉得我们之间确实有许多共同点。最重要的一点,对于世界上的所有原住居民而言,诗歌首先是一种知识,一种有关世界的基本看法。在这样一个场合,大家交换这种知识,确实是很有意义的。

吉狄马加:我完全赞成西蒙·欧迪斯先生的看法,因为现在全世界都在一个全面的现代化过程中。而现代化对我们人类来说,到底起到多大的进步作用,以及实际上存在的很多问题,也让我们对它提出了质疑。在全球化过程中,我们越来越感觉到这些土著民族,尤其是很多少数族裔的民族,他们的文化延续,在某种意义上,对于未来的人类社会,现在看起来更为重要,因为我们从大量的历史典籍和一些实证科学里可以看到,很多原住民的智慧、思想,实际上是人类最重要的文明源头。

西蒙:我同意你的看法。有关这些问题,我写过三本书。今天正好我的汉语译者余石屹先生也在场。我的基本观点都写在这三本书中。我希望三本书出版之后中国读者能够读到,同时,也能够被本地的藏族读者读到。在我们阿科马传说中,原初的知识对于种族生活和延续至关重要。而阿科马的传说知识就体现在我们的诗歌之中。对于阿科马人,诗歌不仅仅是诗歌,而是一种世界知识。诗歌同时还是阿科马人的精神生活中心。因为我们意识到诗歌对于文化的传递、延续至关重要。

吉狄马加：我完全与你有同感。因为我们彝族，可以说在中国各个民族里面是史诗最多的一个民族，创世史诗大概接近十部，而我们彝族人现在遗存下来的重要典籍，包括我们的一些哲学著作，基本上是用诗的形式写成的。实际上它不仅仅是艺术的一种形式，更重要的，它确实是一种知识。另外它还是我们哲学和生活观念的很重要的精神表述方式。在此我想问西蒙·欧迪斯先生一个问题：美国从现象上看是一个移民国家，似乎更强调人在国家概念中的公民身份，而不太关注个人的民族身份，您如何看待这一问题？作为民族诗人，您是不是更强调个人的族群身份？

西蒙：你这个问题问得好。一谈到这个被人称作"美利坚合众国"的国度时，我更愿意强调我们是这块土地上的原住民。为什么？因为我们和土地的关系非常密切。根据我们部族的口头传说，太阳教诲我们的祖先说："你们并不是这块土地的主人。你们仅只是一群使用者。所以你们有义务照管好地球。"太阳也没有说这片土地是我们的私产。太阳唯一告诫我们的就是土地是众生万物的家园，为我们提供衣食之利，赋予各种生命。因之，我们有责任照管好土地。

我要强调一句：我们土生土长，是这里的原初住民。我们并不是什么印第安人之类。这种称谓是外来的，不是内生的。印第安人，这个称谓对我们而言，听上去空洞，毫无意义。

这个称谓最初源于哥伦布，所谓的美洲大陆的"发现者"。其实，哥伦布初来乍到，见到美洲的原住民，最初称他们"神子"。后来，莫名其妙，“神子”变成了“印第安人”。就我们而言，我们从未以“印第安人”相称或自称。我们原住民都有自己的称呼。比如，居住在阿科马地区的人，就被称作阿科马人。

吉狄马加：其实，在中国有很多少数民族，他们都有自己的自称，比如说我们彝族称自己为“诺苏”，什么意思呢？就是黑色的民族的意思。在我们彝族的原始崇拜里面，崇拜火。很多中国西部的少数民族都有火的崇拜，彝族尤其为甚。这两天我的故乡在举行盛大的火把节。火把节实际上就是对太阳的赞颂，对火的赞颂。因为人类的一切光明，都来源于太阳。就像刚才西蒙·欧迪斯先生说的，太阳啊，土地啊，河流啊，这样一些土著民族生活里赖以生存的元素或者带着一些象征性的东西，其实对我们来说，都是非常重要，它已经成为我们精神象征中、原始思维中集体无意识的一个部分。现在我们和土地的关系，和我们生活环境的关系，跟西蒙·欧迪斯先生刚才说到的对土地的理解，我感觉到我们都有一种同感。

从文字介绍中知道，您属于亚利桑那州的阿科马部落，您在文章中说，认同自己生活的土地就是认同自己的身份，是这样的吗？你们阿科马部落今天还有多少人口？他们是集中居住，还是分散居住？

西蒙：阿科马人人数稀少，不过区区四千五百人。其中，近四千人居住在新墨西哥州，而非亚利桑那州。大部分阿科马人居住在联邦政府划定的所谓保留地。其他少数阿科马人迁徙到外地，受教育，从事各种职业谋生。我本人就在亚利桑纳州立大学执教，而我儿子则在美国东部地区工作生活。

实际上，阿科马人属于普埃布罗部族国盟的一支。整个普埃布罗由二十支小部落组成。阿科马人和其他部落语言有亲缘关系，但也有很多不同点。全美人口现在接近3.5亿，全部“印第安人”占了全美人口不到1.1%。所以，阿科马人在美国发出的声音微乎其微，分享到的权力同样可以忽略不计。这些权力多被联邦各级政府，各种商业组织垄断了。阿科马人原来的居住地幅员极为辽阔，现如今生活在极为狭小的保留地。

吉狄马加：您曾经说过，对于土著民族来说，必须确定对水以及其他自然资源的神圣权利，我想问的是现在在美国，如果政府和企业想在原住民的居住地开发资源，原住民是用何种方法和方式，来维护自身的合法利益的？另外，国家的法律层面上有严格规定吗？

西蒙：你的问题问得很好。我回到前面谈到的一个关键论题。我们来到世上，对土地，对土地之上的各种植物、动物都要尽到一份责任。而当今美国政府及各种商业组织要利用和开发原住民的土地资源。

他们这样做有一个理论前提：他们是把人和土地分开来看。就是说，土地归土地，人归人。土地和原住民没有什么关系。事实并非如此。当政府及各种商业组织闯入原住民的土地，大肆进行商业开发，他们其实侵犯了原住民的权利。

我们认为我们的生命和土地休戚相关，可悲的是，我们的观点并不被美国宪法以及各种法律条文认可。美国立法的根本原则就是把人和土地分离开来。因此，当原住民的权利、资源遭到侵蚀时，我们无从获得法律救助。

面临这类纠纷，我们也做过一些努力，但收效甚微。比如，我们就曾到联合国声索我们的权利。2007年联合国响应我们的诉求，发布了一个土著人权利方面的宣言。然而，一旦具体落实到美国的法律层面，就问题很多。主要原因是，美国的法律是因所谓国家利益所设，而不是用来保护原住民的。其实，美国政府特别害怕原住民声索自己的权利。

吉狄马加：现在因为全世界资本的自由流动，这种跨国的大公司可以说到了全世界的任何一个角落。很多原住民，特别是土著居民，他们生活的地方，水啊，包括其他一些相关的资源，都在不断地被开发过程中。怎么能让这样一些土著居民有更大的空间来获得他们应有的利益，我想这不仅仅是一个生存权的问题，我觉得这也是人权的一个很重要的范畴。目前，在全世界进行着超过任何一个时候的资源开发和经济发展，而原住民的权益如何保障，已经成为一个世界性的问题。

西蒙：委实如此。跨国公司在世界各地原住民居住地，从中东到非洲，从南美到太平洋诸岛，都极为活跃。他们所到之处，资源过度开发，环境遭到破坏，危害极大，威胁原住民的生存权利。

吉狄马加：关于这些土著民族和土地的关系，实际上都有一个共同的传统，就是我们和土地的联系就是我们生命的一个部分。在我们彝族人的古老的传说里面，我们彝族人认为人类创世的时候，有血的动物有六种，无血的植物也有六种，在我们过去的传说里，人和六种动物是兄弟，和六种植物也是兄弟，这在我们彝族人的传说里被称为“雪族十二子”。实际上，这种观念，本身就说明我们人类与所有的动物、植物都是平等的。

西蒙：文学，尤其是诗歌，具有一种内在的潜质和能力，把人类、众生与大地联系在一起。诗歌，作为一种精神方式，表现了人和土地根本的关联。诗歌非常重要。

诗歌不是一种纯描写符号、写在纸上的东西。从更深层意义上，诗歌表现了人和土地在本源意义上的联系。因此，我们写诗必须承担一种责任。必须在诗歌中表现这种人和土地的精神关联。欠缺了这种表现，人生就失缺意义，诗歌就会变得空洞无聊。

吉狄马加：我今年年初的时候去了一趟南美的秘鲁，在此之前我也看了一些很重要的南美土著作家的作品，像阿格达斯的小说，塞萨尔·巴耶霍的诗歌，我总的有一个感觉，就是土著民族今天的生活，包括他们对未来发展的期盼，从某种意义上说，在他们身上都具有某种宿命的东西。我认为今后人类的发展，是不是要更多地关注一下土著民族的生存，解决一下他们生存的危机，帮助他们未来的发展，这不仅仅是人类社会发展的责任，还应该被放在更高的道德高度来认识。

西蒙：你刚才谈到拉美文学中土著诗人们的写作中弥漫着一种宿命的情绪，这个观察是真实的。欧美白人对美洲大陆实行了五百年的殖民主义统治。带来了极为可怕的后果，几乎摧毁了原居民的心灵世界，扭曲了他们的思维方式。所以，美洲土著文学骨子里总有一种挥之不去的宿命论的阴影。很多人屈从白人的殖民主义，放弃了反抗，放弃了希望。我以为我们不能这么轻易坐以待毙。我写过一本书，其中一章就叫作“反抗”。当然，白种人肯定不愿意看到这样一种远景：即这片大陆终究应该掌握在对土地、众生更有责任心的人手中。

吉狄马加：您在写作时，更多的时候是用阿科马部落的方言思维，还是用日常的英文进行思维？您常常会陷入一种分裂的状态吗？

西蒙：我认为文化认同与写作应该是一致的。当我自称我是一个阿科马人时，我的意思是来自一个叫作阿科马的部落。这就是我的身份。对此，我毫不怀疑。这个身份赋予我一份坚实的自信，使我毫无愧色立身天地之间。我们每个人动笔写作时，确实会纠结于一些困惑。但这种困惑并不至于使人产生自卑感，以致分裂感。

十六世纪上半叶，西班牙人弗朗西斯科来到我们的居住地，他冠之以普埃布罗这个名称。再比如，我叫西蒙·欧迪斯。欧迪斯是西班牙语，不是阿科马语言。如此一来，是不是会有人质疑我们的心理有分裂之虞？还不至于。我只是把这些外来语称谓视为我们部族历史的一部分而已。其实，在阿科马语言中，我压根儿就不叫“欧迪斯”，我另有所称。

所以，此刻在你面前，接受你访谈的这位先生既是“欧迪斯”，又是一个另有所称的阿科马人。

吉狄马加：您这次来中国，到青藏高原参加这样一个非常有意义的活动。既然是一次对话，您有什么感兴趣的问题，想了解的问题，可以坦率地说出来。

西蒙：我有一个问题要问你，即身份认同。你本人是一个原住民诗人，您的身份与一般政治意义上的中国人有什么不同？你如何看待这两者之间的联系或是冲突？

在美国，对原住民来说，自主权自治权非常重要。虽然人们常说美国是个移民国家，但原住民的权利并没有得到保障。原住民维护自己的权利，只有一个途径：坚持自治自主的主张。比方涉及到原住民地区土地和资源的使用、开发，原住民必须有话语权和主导权。这不仅仅在法律上是正义的，在精神层面上也有重要意义。因此，美国虽说是个基督教为主的国家，但在很多情形下，这些基督教徒未必都会严格恪守教义行事。

吉狄马加：中国是一个多民族的国家，中国现在有五十六个民族，这五十六个民族都有比较悠久的历史，他们中的大部分都是原住民，都生活在中国这片土地上。当然也有一些外来的民族，但他们的数量不大。像我就生活在中国的西南部，我所属的民族是西南部两个最大的民族之一，这两个民族一个是藏族，一个是彝族。我们这个民族的文化、历史非常悠久，我刚才介绍过，我们这个民族在古代有近十部创世史诗，这在全世界也是少有的。另外，我们这个民族，像印第安民族一样，有自己的历法——太阳历，有自己古老的文字，我们使用文字的时间跟汉族一样悠久，有两三千年的历史，我为我们民族的文化感到骄傲。彝族人创造了灿烂的古代文化，有自己的历法，自己的文字，有自己的生活哲学，有完整的价值体系，这对彝族人来说，尤其是对我个人来说，意义非常重要。作为一个中国人，作为中国这片土地上的多民族成员之一，我们要明确一点：中国灿烂的文化是五十六个民族共同创造的，在这一点上，我历来坚持民族不分大小，每一种贡献都是不可忽视的。中国现在所形成的民族版图，有一个很大的特点，就是多元共存。多元共存这是中国一个很重要的社会学家、人类学家费孝通先生提出来的，他的提法反映了一种客观现状，中国今天的民族现状就是不同民族有自己的特点，自己的传统，代表着那个民族的历史，同时在中国这样一个多民族的家庭里，又形成了一种文化共同体。所以，我认为从更广泛的意义上，它是一种互相包容的关系。因为中国的传统文化、主流文化，历来强调的是包容而不是排斥。

实际上，维护原住民、土著民族的权益，重要的是在精神层面，因为一个民族很重要的一点就是他的精神存在。精神存在都没有了，这个民族也就失去了它的灵魂。所有的民族都有一个生存、发展的问题，对他们的资源怎么更好地加以保护、利用，这个生存与发展的问题，我想对全世界任何一个政府包括相关的组织，都是需要正视的问题。如果是在一种理性的状态下，尊重他们的文化传统，尊重他们的历史，尊重他们的现实存在，在今天要从一种道德的高度来要求它。对人类未来自身的发展来说，离开了原住民的伟大贡献，离开了他们的智慧，他们的生存哲学，人类的未来前景是堪忧的。只有在多元文化并存的时代，更多地关注土著民族的生存状态，关注他们的生存与发展，这个世界才会变得更加美好。

西蒙:我非常同意你这一点,地球上所有的民族都同等重要。原住民的权利并不能凌驾其他民族的权利之上。不过另一方面,我们原住民必须坚持我们的自主权,要不懈地声索自己的权利。否则,可能会为某些方面的势力所趁,从而危及人类的共同命运。当然,正如阿科马人的先祖反复告诫的,部落之间,人之间,永远应该学会守望相助。彼此之间以兄弟姊妹之谊相待。

正如马加先生今天发起组织如此重要的世界土著诗人会议,唤起我们各土著民族之间的手足之情,我们每一位与会的土著诗人都应该携起手来,促进世界土著民族的共同权益。

吉狄马加:非常感谢西蒙·欧迪斯先生,让我们有了一次长达两小时的对话。我们涉及的问题,对人类未来命运的关注,意义深远。我相信,正如你刚才说的,我们生活在地球上,我们所有的人都应该相互帮助,只有这样,才能共建一个更加理想的社会,才能在相互的沟通中,共同去憧憬美好的未来,共同去奋斗。谢谢您!我还想说,青藏高原是结缘之地,现在我们已经成为朋友,希望将来有更多的机会,在你时间、身体条件允许的情况下再来青海。您是青藏高原的朋友,是我们伟大的兄弟。

西蒙·欧迪斯,来自美国西南地区普埃布罗的阿科马部落,是当今最受尊重以及最被广泛阅读的美国原住民诗人、作家之一。他的著作包括 Woven Stone, After and Before the Lightning, From Sand Creek 等以及其他众多诗歌、小说和儿童文学。他是亚利桑那州立大学的董事教授(Regents Professor)

以及该校原住民讲座系列的主持人。

（本访谈全程由美国康涅迪克州大学麦芒教授，清华大学外文系余石屹教授提供翻译，青海日报社的马钧先生和青海师范大学黄少政教授参与稿件整理。）

2013 年第一期《世界文学》刊载

音乐传递我们珍惜自然赞美生命的真诚

——在“青海国际水与生命音乐之旅”举办之际答记者问

采访者:《青海日报》记者孟军

时间:2008 年 6 月 17 日

一年一届的“青海国际水与生命音乐之旅——世界荒漠化和干旱日主题音乐会”在世人关注和期盼的目光下今天又一次拉开了大幕。迄今,我们已在有着清粼粼水蓝莹莹天的贵德黄河岸边连续成功举办了六届。

在这个美好的充满诗情画意的日子里,在这个向世人证实我们正在以行动“珍爱自然,关注生命”的日子里,省委常委、省委宣传部长,极具个人魅力的国际著名诗人,连续六届担任该主题音乐会总监制的吉狄马加接受《青海日报》记者专访,阐述“青海国际水与生命音乐之旅——世界荒漠化和干旱日主题音乐会”的内涵。

吉狄马加说,水是生命之源,生存之本,也是人类社会发展不可缺少和不可替代的重要自然资源和环境要素。但是在全球范围内，水资源的日益短缺和水质的不断下降，已经并且仍然在加剧生存环境的恶化，严重制约人类社会的可持续发展。荒漠化和干旱，就是水资源危机造成的重大环境挑战之一，人类的生存与发展已面临前所未有的困境。为此，2008 年 6 月 17 日——即世界防治荒漠化和干旱日这天，青海省决定每年举办“青海国际水与生命音乐之旅——世界防治荒漠化和干旱日主题音乐会”，以此激发人们对青藏高原以至整个大自然的敬畏和感恩之情，理性探讨人类活动的得失，唤醒更多人的责任感和使命感，真正迈开建设生态文明的步伐。

吉狄马加说，每年的“青海国际水与生命音乐之旅——世界荒漠化和干旱日主题音乐会”这天，应该说是个让我们行动的日子，是个让我们大声宣誓的日子——我们每年相聚在这蓝色的黄河岸边，就是以我们发自内心的歌声，传递珍惜自然、赞美生活、关注生命、共筑和谐家园的正能量。通过这特殊的美妙的高品质的晚会，向全世界传达中国政府和人民对保护生存环境、缔造和谐世界的坚定态度，传递青海省政府和人民珍爱自然、保护环境的心声，倡导党的十八大提出的绿色、低碳、人与自然和谐的文明生活理念。

吉狄马加强调说，我们定调“2013 青海国际水与生命音乐之旅・世界防治荒漠化和干旱日主题音乐会”为“王洛宾与花儿的青海音乐之夜”，是因为今年适逢王洛宾先生诞辰一百周年，我们以“王洛宾与花儿的青海”为主题，通过演唱他在青海期间创作的系列歌曲，从中感悟他对生活的热爱和对自然的敬畏；通过我们的歌声，纪念这位卓越的民族音乐家与青海和西部的不解之缘。二十世纪三四十年代，生活在青海的王洛宾先生，在这里收获了他音乐人生最为辉煌的成果。王洛宾在青海居住了十几个年头，可以说他一生中最重要的音乐作品大都完成于青海，而他这一特殊经历是过去许多人不太熟知的。对青海和西北民族民间音乐的热爱，使他不仅成为用现代乐谱记录花儿音乐的第一人，并且创作出一系列脍炙人口的经典名曲，让有着泥土芳香的花儿大放异彩。

“青海国际水与生命音乐之旅——世界荒漠化和干旱日主题音乐会”能够连续举办六年，并且每届都引人注目、收获超于预想、影响力不断提升的关键是什么？吉狄马加认为，青海是登高望远之地。在今天的西部或者说是青海，就文化发展而言，应该有一种真正意义上的文化上的自觉和文化上的自信。青海尽管是一个经济后发展地区，但在文化自觉方面要有走在前面的自觉和信心。当然，我们面向世界提文化自信，要拥有世界的眼光，必须站在思想或文化意识的一种制高点来俯视我们面前的这个区域。“青海国际水与生命音乐之旅——世界荒漠化和干旱日主题音乐会”的成功，是我们站在一个很高的文化制高点上来看待青海的文化资源，所以我们创造了这个高艺术水准的文化。这同时证明，在一个经济相对落后的地方，同样能做出国际品牌。通过举办青海国际水与生命音乐之旅，我们能深深感到，推动文化发展，提升文化软实力，就是要立足本地，更好地挖掘、利用本地文化的、地理的资源，体现地域特色、民族特色。也就是说，青海文化要有大发展，要走出去，应当具有这样的高度和意识。

吉狄马加强调，音乐会的举办，同时也是我们为青海“三区”建设、“两新”目标做贡献。音乐会无论主题还是内容，都彰显了党代会的思想，体现了省委、省政府发展绿色经济、建设生态文明的信心和决心。当前，还是我省文化改革发展的重要时期，只要我们不断增强深化改革加快发展的自觉性和责任感，就能全面完成既定的文化体制改革任务。另外，现在国内外的有识之士都很关注我们的这个音乐会，给予了这个品牌很多支持呵护和高度评价。这个音乐会已成为我们和不同国家、不同种族、不同文化背景对话和沟通的渠道和平台。相信随着品牌的深化打造，“青海国际水与生命音乐之旅”，将和环青海湖国际公路自行车赛、世界攀岩赛、青海湖国际诗歌节、世界山地纪录片节、三江源国际摄影节等一样，成为不断提升青海对外文化形象，扩大青海知名度、美誉度的文化之窗，成为青海文化名省建设的重要平台，从而向世界表明，无论是中国政府，还是地处青藏高原、三江之源的青海各民族、广大文化工作者，他们对于人类的文化发展肩负着义不容辞的使命和道德责任。

吉狄马加最后充满激情地说，“2013 青海国际水与生命音乐之旅·世界防治荒漠化和干旱日主题音乐会——王洛宾与花儿的青海音乐之夜”就要在我们恋恋不舍中结束，让我们感谢这来自青海高原的天籁之音，让我们继续这水与生命的对话，让我们接受这大自然的问候与祝福！然而我们知道，荒漠化和干旱正在威胁着万物的生存与发展，敬重自然就是守护生命的美丽和尊严，我们保护生态的责任还任重道远。让我们再次衷心感谢参加这次音乐会演出的艺术家们！也衷心感谢所有关注支持水与生命行动的仁人志士！让我们相约——明年青海黄河岸边再见！

青海湖国际诗歌节是历史的必然选择

——答《西海都市报》记者问

记者:李皓

2013年的夏天,青海人的热情再一次被诗歌点燃。青海湖国际诗歌节如约而至。这是一个继波兰华沙之秋国际诗歌节、马其顿斯特鲁加国际诗歌节、荷兰鹿特丹国际诗歌节、德国柏林诗歌节、意大利圣马力诺国际诗歌节、哥伦比亚麦德林国际诗歌节之后,又一个具有国际影响力的诗歌节。“人与自然,和谐世界”,青海人选择用诗歌的方式,开启了一扇向世界眺望的窗口。第四届青海湖国际诗歌节开幕前夕,青海省委常委、宣传部长,著名诗人,青海湖国际诗歌节组委会主任吉狄马加接受本报记者专访,他说,青海选择诗歌节,是历史的必然。

记者:部长您好,再一次采访您感到非常高兴,尤其是在第四届青海湖国际诗歌节即将召开的日子里。您是青海湖国际诗歌节的具体创办者和组织者,您和您的诗人朋友们,创办这样一个诗歌节的初衷是什么？

吉狄马加：虽然诗歌节的创办，我在其中起到了一些作用，但它绝非偶然，首先中国是一个诗歌的国度，有着悠久伟大的诗歌传统，

在中华民族的历史上出现了数以万计的优秀诗人，这些人不仅在中国文学史上，就是在世界文学史上也有重要地位，从某种意义而言，中国是诗的国度，我们有着这样的文化和传统，为什么不能有一个国际诗歌节呢？

现在，中国是世界第二大经济体，经济的发展取得的成就举世瞩目，在文化上也不能落后。为提升文化软实力，我们应当找到一个载体。我们中华民族丰厚的文化资源和悠久的文化传统是我们一切文化创意的重要来源。全世界有很多重要诗歌节，如荷兰鹿特丹国际诗歌节等，在全世界都非常有影响。但中国今天发展到这个时候，一定也要有和国际地位相适应的国际文化品牌，举办国际诗歌节是创建中国文化品牌的需要。

记者：当年的创意无疑取得了成功。在中国的许多城市，都有不同规格的诗歌节，青海湖国际诗歌节为什么会在众多的诗歌节中脱颖而出，取得这样大的成功？

吉狄马加：青海是个多民族融合的省份，这里不管是汉族、藏族、回族、土族、撒拉族、蒙古族等，都热爱诗歌，这些民族都有自己的诗歌传统，并且有吟唱诗歌的悠久历史。包括我们的青海花儿，严格意义上说就是诗歌，歌词就是最经典的诗。青海这个地方本身就是充满诗意的土地，《格萨尔王》是目前世界上流传的最

长的活体史诗,史诗中讲述的故事就发生于青藏高原流传于青藏高原,这样的文化氛围和群众基础使得举办青海湖诗歌节带有必然性。

同时,青海位处世界屋脊的地理环境,古羌族群创造的悠久历史,多民族同生共存的社会生活,昆仑文化为主题的多元文化,自然资源富集的战略价值,养育江河山川的生态地位——这些特点都让青海从大众视野和大众语境中脱颖而出。这种自然之美和人文之妙是不能用凡常之态去赏玩的,我们只能以敬仰之心和热爱之情才能感悟它的真谛,诗歌是最好的选择。我想正是青海有着这样的人文风貌,地理优势,才使得青海湖国际诗歌节吸引了全世界诗人的目光。

记者:举办青海湖国际诗歌节的意义体现在哪里?

吉狄马加:我认为,青海湖国际诗歌节的根本意义体现在这几个方面:第一,它在这个多种利益冲突的世界举起了又一面文化神圣的旗帜;第二,它为全球化语境下的多元文化提供了一个展示个性和价值的平台;第三,它为当代东西方文化的进一步理解和对话开辟了一条道路;第四,它为人类在物质时代的诗意生存树立了信心;第五,它在中国两千多年的诗歌历史中树立了一个全新的里程碑。

基于青海湖国际诗歌节的广泛影响,毫无疑问,它已经成为对外宣传青海、展示青海社会文化活力、树立青海形象的成功品牌。青海湖国际诗歌节,已经被正式写入《青海省国民经济和社会发展第十二个五年规划》,在这个指导青海未来发展的战略性、综合性和纲领性文件中获得了确定地位。

记者:青海湖国际诗歌节的成功举办,带给我们什么样的启示?

吉狄马加:对于青海这样一个经济欠发达地区来讲,我们希望走出一条适合的发展经济、发展文化的成功之路。我们不断摸索,近几年,我们试图转变经济发展方式。要更好地利用资源,实现可持续发展,就要重新认识资源。青海有别处没有的文化资源、自然地质资源,我们可以发展文化创意产业、旅游业,用以带动第三产业的发展。

青海湖国际诗歌节的创意,立足于深厚的历史和现实思考。目前世界上几个重要的国际诗歌节几乎都在欧美,而中国作为一个诗的国度,作为一个自立于世界诗歌艺术史并且影响世界文化的国度,创办一个具有世界地位和国际品质的现代诗歌节,是中国历史和文化的需要,更是新世纪民族振兴的必然要求。同时,青海历史厚重,文化多元,地理独特,在我看来,他就是一部辉煌的诗篇,这诗篇,用中国的语言、东方的韵律,讲述了人类与自然的故事。这就是我们创办青海湖国际诗歌节的理由和目的,它取得了成功。通过这个平台,诗歌再次成为中国人民与世界人民交流对话的语言。

答罗马尼亚《当代人》杂志问

采访者：罗马尼亚著名汉学家、翻译家鲁博安

鲁博安：吉狄马加先生，您是诗人也是政治家，当过一个省的副省长，在欧洲，中国一个省的人口数量相当于一个国家。目前，您是中国作家协会副主席。作为杰出的诗人，您的作品发行了数万册，并被译成世界上的主要语言。在罗马尼亚，在2014年，您的诗集《词语与火焰》以及您的随笔集先后出版。请您告诉罗马尼亚读者，在您看来，诗是什么？

吉狄马加：非常乐意接受你的采访，因为你作为研究和翻译中国文学的专家，多年来一直致力于中国和罗马尼亚两国的文学交流，你做出的贡献是有目共睹的，谢谢你卓有成效的工作。正如你所言，我的诗歌已经被翻译成世界许多不同的语言，作为诗人来讲，这当然是一件十分令人高兴的事，因为当一个诗人的诗从一种语言变成另一种语言，这无疑是一个创造性的过程，我以

为这是翻译家为我们又提供了一个第三空间。从广义上来讲，真正的诗是不可翻译的，难怪有人说，诗就是在翻译过程中失去的那个部分，但是同时也有人讲，当诗被翻译成另一种语言的时候，它又会呈现出那一种语言中的更特别的诗性，所以尽管这样，诗歌翻译虽然是一门遗憾的艺术，但人类对诗歌的翻译却从未有过停止，正因为这样，任何一种对诗的高水平的翻译，毫无疑问都将是创造性的翻译。我特别高兴我的诗能被翻译成罗马尼亚文，因为罗马尼亚是一个诗的国度，有着悠久而伟大的诗歌传统，无论是在古代还是在现当代，都出现过许多伟大的诗人，我过去就曾经阅读过爱明内斯库的诗歌，他诗歌的抒情性以及对故土刻骨铭心的爱，都给我留下了十分深刻的印象。还有一些罗马尼亚现当代诗人的诗歌，对社会和现实的关注都很突出，诗人没有丧失作为社会生活参与者的主体立场，有些诗既见证了人类在历史转折时所遭遇的精神困境，同时也写出了诗人对明天和未来的憧憬，所以从这个意义上来讲，诗歌依然会在我们通向明天的道路上发挥谁也无法替代的作用。这个世界仍然需要诗歌，是因为诗歌精神必然会在一个极端拜物的时代复活，这就是所谓的“物极必反”，否则，当人类的精神生活真的完全死亡，那么人类离自己毁灭的时间就不会太远了，但是请你放心，人类之所以能区别于其他动物，就在于人类任何时候都不缺少对精神价值的追求，精神创造以及精神需求无疑是人类构建现实和未来最重要的一个方面。诗歌作为语言的艺术，它已经伴随人类走过了数千年，它也可以说是一种最古老的艺术，因为人类最初的口头诗歌，就是和音乐、舞蹈、祭祀等紧密联系在一起的，原始时期诗人的身份其实就是部族首领和祭司身份的统一。今天虽然是一个消费主义至上的时代，但人类依然渴望着健康、美好的精神生活，诗歌虽然历尽了岁月的沧桑和时间的考验，但是直到今天它仍然是抚慰人类心灵世界最清凉的甘露。有人说，今天的跨国资本实际上已经建立起了一个覆盖全世界的隐形权力体系，它们从不同的角度支配着人类的生活，本身极为多样性的人类将在全球化的背景下变得越来越同质化，可以肯定，这种倾向和发展方式是毫无可取之处的，甚至是极其危险的，我坚信人类只有保护了自己的多样性和丰富性才可能穿越“全球化”设置的陷阱，从而更好地去促进人的全面发展，去建设一个更加和谐的人类社会。为此，全世界的诗人应该团结起来，只有这样，我们的诗歌才会成为精神的化身，才会成为反对任何一种异化人的力量的武器。

鲁博安：请您简略扫描一下中国当今诗歌。中国诗人以及中国编辑说近两三年来，人们利用手机微信平台，成立了许多诗歌朗诵团体，出现了不少诗歌微信公众号。

吉狄马加：中国是一个诗歌的大国，有着悠久的伟大的诗歌传统。唐代是中国诗歌的黄金时代，也可以这样说，它同样是世界诗歌的黄金时代，李白、杜甫等诗人创作的作品，毫无疑问已经成为中国和世界诗歌宝库中的重要遗产。从东方美学思想的构成来看，中国是一个充满了诗性的国度，甚至许多哲学和思想著述，都是用诗歌的方式来表达的，就是今天也不例外，中国的诗歌仍然处在一个十分繁荣的时期。但在这里，我想说的是，中国今天的诗歌创作，特别是在形式上，已经和古代诗歌在形式上有了很大的区别，中国新诗的发展，实际上有两个重要的源流，一是对中国古典诗歌的继承和发展，另一个是向西方，当然也包括其他外来诗歌的学习和借鉴，这其中也有向罗马尼亚诗歌的学习。需要更清楚地说明的是，中国新诗的创作，在语言的使用上，已经与过去的古典诗歌有了很大的变化，这种变化甚至是断层式的，我不知道罗马尼亚的古典诗歌和现代诗歌是否也存在这样的断层，当然，对诗歌传统和诗歌精神的继承和弘扬，在中国诗歌发展中是从未中断过的。中国新诗的创作和实践还不到一百年的时间，但中国的诗歌史却已经有了数千年。不言而喻，当下的中国诗人众多，诗歌流派众多，有不少杰出的诗人，无论在国内还是在国际上都产生了较为广泛的影响，特别是中国作家协会和各省市自治区的作家协会，都一直致力于推动中国当代诗歌的发展和繁荣，每年都有数以万计的诗集出版，同时，还设立了不同级别的诗歌奖项，颁发给许多不同年龄段的优秀诗人。随着网络时代的来临，正如你所提到的那样，今天的诗歌生活已经进入了网络，而网络诗歌的传播又深刻地影响着诗歌受众的生活，手机微信平台、诗歌微信公众号已经成为网络时代诗歌传播的重要手段，特别令人欣喜的是，许多诗歌的读者和朗诵爱好者，都积极参与到了诗歌微信公众平台的积极互动，参与人数的极速增加远远超过了我们的预计，这说明诗歌并没有走到社会的边缘，读者并没有抛弃他们心爱的诗歌。同时，随着人们对高品质精神生活的要求，许多文化机构开始在电视台、剧场有组织地开展诗歌朗诵，许多诗歌朗诵团体也应运而生，近几年，诗歌的普及率和社会影响面越来越大，诗歌在与大众建立更有效的关系方面，发挥出了别的艺术形式不可能发挥的作用。

鲁博安：当今诗歌的社会作用是什么？

吉狄马加：你问我当今诗歌的社会作用，这是一个很大的题目，我以为用几句话是很难说清楚的，在这里请允许我用我在第五届青海湖国际诗歌节开幕式上的一段话来回答这个问题：这个世界直到今天还需要诗歌，因为物质和技术，永远不可能在人类精神的疆域里，真正盛开出馨香扑鼻的花朵……正如捷克伟大诗人雅罗斯拉夫·塞弗尔特在诗中写的那样，“要知道摇篮的吱嘎声和朴素的催眠曲，还有蜜蜂和蜂房，要远远胜过刺刀和枪弹”，他这两句朴实得近似于真理的诗句，实际上说出了这个世界上所有诗人的心声。这个世界还需要诗歌，是因为作为人，也可以说作为人类，我们要重返到那个我们最初出发时的地方，也只有诗歌——那古老通灵的语言的火炬，才能让我们辨别出正确的方向，找到通往人类精神故乡的回归之路，尽管我们仍然面临着许多困难，但我们从未丧失过对明天的希望。让我们为生活在今天的人类庆幸吧，因为诗歌直到现在还和我们在一起，因此我有理由坚定地相信，诗歌只要存在一天，人类对美好的未来就充满着期待。

原谅我，因为时间关系，我只能简短地回答这几个问题，谢谢你热情的采访，请通过这篇采访向读者转达我对罗马尼亚这个伟大国家的热爱之情，并向罗马尼亚诗人同行致敬！

2015 年 12 月 14 日

百年诗史，创作现状与当前诗歌刊物的作为

采访者：《扬子江诗刊》记者

时间：2016年3月5日中午

地点：扬州西园宾馆

记者：中国新诗诞生以来已有近百年的历史，您可否就此谈一点您最想谈的话，比如您最喜欢的诗人或作品有哪些，您最关注的问题是什么。

吉狄马加：中国新诗走过了近百年历史，毫无疑问，已经留下了许多经典的诗篇。新诗百年的发展有低谷的时候，当然也有繁荣的时候，但可以肯定的是，在不同的历史时期，诗人们都留下了具有那个时代深刻烙印的代表性的作品。

我个人认为中国新诗发展最重要并值得自豪的就是，新诗从它诞生的那一天起，它的发展就始终与中华民族的伟大复兴的历程联系在一起，就始终与社会的进步与人民的精神觉醒联系在一

起，可以说，中国新诗走过的百年历史，真实地见证了时代和历史的进程。我们可以看到，在不同的历史时期，很多优秀的诗人写出了可彪炳史册的作品，五四时期郭沫若的《女神》就是新诗划时代的收获，在早期的新诗实践中，艾青、闻一多、戴望舒、徐志摩、何其芳、卞之琳、臧克家、穆旦等诗人为新诗的发展做出了卓越的贡献，在后来的社会主义建设的不同阶段，以及改革开放后的新时期，又有一大批卓越的诗人为新诗宝库增添了无数足以让我们感到荣光的优秀诗篇，他们的名字我无法在这里一一列举，但在这纪念新诗百年的特殊时候，我们要向他们表达由衷的敬意。

记者：除了对现实性的强调，您对目前的诗歌创作现状还有什么看法？

吉狄马加：诗歌在任何时候都不能离开现实，哪怕是对日常生活进行精微地书写。毫无疑问，诗歌在今天正在回到公众的视野，这是读者和受众对诗歌的一种必然需求的反映，正如大家所知道的那样，在这个被物质主义和消费主义主导的现实面前，人类离自己高尚健康的精神生活越来越远，事物总是有它的两面性，当形而上的精神生活长期缺失的时候，人类总会重新回过头去寻找自己失去的那些东西。现在读诗的人正在回归，写诗的人也越来越多。前几年在书店里面很难看到诗歌的专柜，现在你可以看到新出版的诗歌被放在了醒目的位置。微信、微博等新媒体对诗歌的关注力度也越来越大，“为你读诗”这样的诗歌公众号，也让广大的诗歌爱好者活跃起来。现在中国诗歌刊物很多，无论是正式出版的刊物，还是民刊，也是这个世界上别的国家无法比拟的。当下中国的诗歌是繁荣的，同时也极具多样性。当然，也还有一些问题需要我们高度重视，因为今天碎片化的生活，也致使许多诗人进行碎片化的写作，那些关注时代、关注人类命运、哪怕是关注个体生命的生存状态的优秀作品还不是太多，这需要我们各方面去共同努力，特别是作家协会和诗歌刊物应该承担起这样一个任务，极大地去推动有温度、有深度、有思想、有创新的作品问世。

记者：在您自己的作品中，您比较满意或比较喜欢的有哪些？

吉狄马加：这个问题似乎不太好回答，因为一个诗人在不同的写作阶段会写出不同的作品，不过我可以告诉你的是，我这一两年有两首诗我还是比较满意的，一首就是《我，雪豹……》，我力求在这首诗中既体现我个人的生命经验同时又凸显人类的共同价值，另一首诗就是刚刚发表的《致马雅可夫斯基》，这首诗表达了我对这个世界重构人类精神生活的渴望。因为时间关系，这个话题我无法展开来谈，但是我希望你去读读这两首诗，我相信你读后一定会明白我的所思所想。

记者：《扬子江诗刊》于 2015 年 5 月正式启动“中国新诗百年论坛”，计划用三年时间梳理中国新诗走过的百年历程。论坛十分关注诗学问题，到目前为止，已邀请全国各地诗学专家就“百年新诗的公共性”“中国新诗与西方现代派诗歌的关系”“新诗与现代性”“新诗与传统”“语言自觉与现代汉诗的发展”等问题进行过探讨，并将探讨成果在《扬子江诗刊》上发表。您对论坛的这种诗学定位有何见解？

吉狄马加：中国新诗百年，有许多值得研究的问题。江苏省作家协会及《扬子江诗刊》具有前瞻性地承担了这一重要任务，已经在八个地方举行了九场研讨会，对中国新诗从创作、理论和诗歌史角度进行整体性回顾与梳理，这项工作非常有意义，并已取得丰硕成果。就论坛规模、深度和方式的独特性而言，在国内，这项工作可以肯定是走在前列的。

就我作为一个诗人的个体经验而言，从一开始写作我们就受惠于前人给我们留下的新诗遗产，这些前辈诗人进行了艰苦卓绝的纵的继承和横的移植，可以说，今天每一个新诗人都是站在前人的肩膀上进行新的写作。从这个意义上来说，对百年新诗进行回顾梳理，对其进行更客观更实事求的评价显得非常必要。当然，回顾和梳理之外，我们也要更前瞻地看到新诗发展的未来，应当思考如何才能在前人的基础上有更好的继承、创新和发展。

我需要强调的是，对新诗的回顾和研究不能仅仅停留在文本上，我们还应该深刻地揭示出中国新诗的内涵，那就是我们新诗的历史，实际上也是我们中华民族的一段精神史，不站在这样的高度去看问题，我们的研究就不会有深度，也只可能停留在皮毛，对此我们要给予充分的重视。

记者：《扬子江诗刊》的新诗百年论坛，除了探讨诗学问题，也已在无锡、盐城、拉萨、娄底、湘西、泗阳、张家港、黄岩八地分别结合当地实际开展了一系列诗歌活动，以扶持当地诗歌创作，宣传当地的文化。您对论坛的这种大众化定位又有何见解？

吉狄马加：当然，正如你们所说的那样，回顾中国百年新诗，是一个理论性和学术性都很强的系列活动，但特别让大家感到高兴的是，你们同时又把这一系列活动做成了宣传诗歌的一次走基层的行动，一方面进行高水平的学术研究，另一方面又不断地传播诗歌精神，让全社会有更多的人来关注中国新诗的发展，让诗歌在我们的公众生活中，显示出它不可被别的艺术形式替代的作用。

当然，通过这样的方式，还能听到许多不同地方的诗人、诗评家的建设性意见，我想这些意见对我们做好新诗一百年的回顾和梳理都将是弥足珍贵的。

我们中国作家协会将全力支持这些工作的开展，使这一系列活动能够高水平、高质量地完成。

记者：《扬子江诗刊》今天还在这里颁发了 2015 年度也是首届“扬子江年度青年诗人奖”。该奖面向全国 80 后、90 后年轻诗人，从本年度内在《扬子江诗刊》上发表的作品中择选，经专家评审，评选出获奖者。您能谈一谈对这一青年诗歌奖项的看法吗？

吉狄马加：《扬子江诗刊》设立年度青年诗人奖表现了《扬子江诗刊》的眼光，因为任何事业，不仅仅是诗歌事业，都要寄望于青年一代，青年就是未来。新诗诞生百年来，我们可以看到这样一个现象，许多杰出的诗人都是在他们年轻的时候写出了经典的作品，我们今天更应该关注青年诗人的成长。当下，青年诗歌作者的数量比较多，创作的起点也高，授奖不仅是对他们的鼓励和肯定，也会对更多青年诗人的写作起到引领作用。评奖要有公正性，否则这个奖就不会有真正的公信力，令人高兴的是，你们的评奖体现了公正的精神，一定要执着地坚持下去。如何真正公平、公正地筛选出好的作品和诗人，需要我们的评委真正做到公正无私，同时在诗歌的审美和判断上，在任何时候都不能降格以求。评出什么样的作品，对年轻诗人是会有示范作用的，我们要把那些关注时代、关注生活、关注现实的作品，作为我们评奖时关注的重点，当然，这与我们开展评奖工作时所需的开放性和包容性并不对立。《扬子江诗刊》目前在此方面的工作做得很好，但是要坚持、坚持、再坚持。

问：《扬子江诗刊》今天选择在江苏扬州举办此项活动，并与扬州虹桥书院合作，建立诗学博物馆、特聘评论家制度，还将设立主题诗歌大奖赛。您对此有何感想？

吉狄马加：扬州具有深厚的历史文化传统，这是我心仪已久的一个地方，扬州有美好的自然环境，有灿烂的人文精粹，这里还是美食的盛产之地，我想任何一个人到扬州都会留下深刻的印象。中国古诗中说“烟花三月下扬州”，这正说明了一代代诗人对扬州的向往，无数优秀的古典和现代诗人都在这里留下了大量光辉的诗篇，今天我们选择在这里举行有关中国新诗百年的论坛，我以为这并不是一个偶然，借此机会，我们应该向所有为中国诗歌的发展做出过贡献的诗人致敬，向古老而年轻的诗歌之城扬州致敬！

吉狄马加与叶夫图申科对话录

时间:2015 年 11 月 9 日

地点:北京

现场翻译:陈方　刘文飞

录音整理:李元　郑晓婷　孙明卉

访谈稿校阅:刘文飞

吉狄马加(以下简称马):很高兴在北京见到您!因您在北京大学受奖那天时间很短暂,我们没有深聊的机会,因此今天特意找这个时间深入地谈一谈。不管您是作为苏联诗人,还是作为俄罗斯诗人,您都是我的前辈。我从上世纪七十年代末开始写诗,那时我就已经读到您很多诗歌,是翻译成中文的诗歌。我们这一代中国诗人,尤其是我们这一批当时的年轻诗人,当年的苏联诗歌对我们的影响是很大的。

叶夫图申科(以下简称叶):您感到最亲近的俄罗斯诗人是哪

一位呢?

马:当然是普希金,我读到的第一个俄罗斯诗人就是普希金,他也是我读到的第一个外国诗人,我读到的译本是中国非常有名的俄国文学翻译家戈宝权先生翻译的。

叶:译文大概是什么年代的?

马:上世纪五十年代的。后来我们读到了苏联诗人的作品,读到了您的诗,还有沃兹涅先斯基和罗日杰斯特文斯基。再往后,白银时代的作品被大量翻译成中文,包括阿赫马托娃、茨维塔耶娃,还有帕斯捷尔纳克。当然我读得最多的还是马雅可夫斯基的诗。我这次正好想请教您一个问题。我最近正在写一首长诗,是献给马雅可夫斯基的,差不多写完了。我认为,在二十世纪的俄罗斯诗人里边,他是一个不能被遮蔽的人,他对语言的贡献,包括对诗歌形式的贡献,都十分巨大,我认为他是一位巨人。

叶:您最喜欢马雅可夫斯基的哪些作品呢?

马:他早期的作品,包括他作为未来主义诗人的一部分作品,也包括《战争与世界》《穿裤子的云》等等。

叶:看来您是喜欢他早期的诗。

马:对,但是他后来有一些诗,哪怕后来有一些人从意识形态角度对它进行评价,我还是认为,就它的气势和诗歌的真诚度,也是现在很多诗人所没有的。

叶:说到马雅可夫斯基,在我看来,他本来是想成为一个伟大的政治诗人。后来呢,他实际上成了一位伟大的爱情诗人,他的爱情有两个对象,一个是女人,一个是革命。对于他来说,"女人"

“革命”“爱情”“列宁”，这些都是同义词，这对其他人来说是从来没有过的。在法西斯攻入苏联以后，有一些概念就不是那么统一了，“爱情”“祖国”这些东西就分裂了。到了战后，这些概念就完全独立了，比如说，国家开始害怕那些为国家战斗过的人们，也就是那些战士。他们怕国家，国家怕他们。斯大林知道这一点。斯大林一生中只有一次真正忏悔过，在战后不久他在一个公开场合说过：我们太对不起我们的人民了。这个国家的人民惨到这种地步，在我们这个国家，几乎没有一个家庭，他们家没有人在卫国战争中牺牲，几乎没有一个家庭，他们亲戚中间没有人被斯大林逮捕。有人建议过，斯大林晚年也想把集中营里关的人都放出来，但是后来当他知道里边关了多少人之后，他不敢放了。如果让人民知道这个真相的话，那他就要被打倒了。现在我要说一个事实：斯大林谁都不相信，只相信一个人，也就是希特勒。在战争爆发那天，朱可夫汇报说德军已经攻过来了，朱可夫重复了三次，斯大林都不相信。朱可夫准备让飞机去攻打德国飞机，斯大林不让飞机起飞，一千二百架苏军战机就在地面被炸毁了，苏军的战争储备也都落到德军手中。是人民自己开始了抵抗。

马：像斯大林这样很谨慎、很智慧的人，战争打成这样，他为什么就不相信呢？

叶：因为他跟希特勒有密约。

马：是希特勒之前承诺过他，但最终把斯大林给骗了？！

叶：是的，当时斯大林只相信希特勒，后来等他醒悟过来，才开始领导苏联人民和军队进行反抗。我们还是回到文学和诗歌吧。您知道斯大林写过诗吗?

马:我知道。

叶:您读过他的诗吗?

马:没有读过。

叶:不久前我本人找到了斯大林最早的诗,那首诗写得不错,是他十五岁时写的。我把它从格鲁吉亚语翻译成了俄语。实际上,后来斯大林之所以变成那样,是因为他没有变成一位诗人。我拍了一部电影,名叫"斯大林的葬礼",是我导演的,我强烈建议您有时间看看这部电影。拍完这部电影我才知道,斯大林到底是什么人,斯大林为什么变成后来那个样子。他的第一首诗是个什么概念呢? 这是一首强烈的反专制的诗,呼吁不惜一切代价为自由而战。以我现在的视角看来,这首诗写得相当不错。他是一个很有才华的人,十四岁就加入布尔什维克党。他实际上是很真诚的,但他的家庭情况非常艰难,他父亲脾气不好,老是揍他,这对斯大林的性格产生了影响。斯大林上的学校非常好,一个鞋匠的儿子是绝对没有机会去那个学校的,实际上是他亲生父亲暗中支持。好了,不再谈论斯大林了。

马:我们回过头去看,我们中国诗人,以及我个人都认为,对于马雅可夫斯基的成就,可能由于政治方面的原因,由于后来有些人对于苏联、祖国、列宁等等的不同看法,马雅可夫斯基的创作成就从某种意义上来说是被削弱了,被低估了,不知道现在在俄罗斯,人们对他的评价是怎样的。

叶:我想说,我是喜欢马雅可夫斯基的,一直到现在我还是喜欢他的。在我看来，马雅可夫斯基最好的东西是他革命前的作品和他去世前夕不长一段时间里写的诗，它们都是天才之作，其中就包括那首没有完成的长诗。

马：那首长诗叫什么名字？

叶：《放声歌唱》。这是一首伟大的长诗。有两个诗人存在着巨大悖论，一个是马雅可夫斯基，一个是阿赫玛托娃。阿赫玛托娃在革命前只是一个室内诗人，她只写抒情诗，革命之后她遇到很多事情，包括她的丈夫、伟大的诗人古米廖夫被枪毙，她的儿子被关押。儿子被关押之后，她就经常去排队探监，站在监狱管理处的小窗子前面。我也去过那种地方，我四岁的时候妈妈就被关进了监狱，探监时面对的小窗口，几乎就是我记忆的开始。当时实际上完全是有意不抓她（阿赫玛托娃）的，而抓她的儿子，把儿子抓走对母亲意味着什么，这谁都知道。她在排队的时候，有人问她能不能把人民的忧伤写出来，她回答说“能”，后来她就写出了《安魂曲》。《安魂曲》绝对不是她个人的忧伤，而是人民的忧伤。当时写这样的诗是很危险的，要写在纸上就更危险。

马：于是她就找人把它背下来。

叶：是这样的。而在《安魂曲》之前，阿赫玛托娃从未写过这样的长诗。我们现在来谈谈马雅可夫斯基。有一位诗人叫米哈伊尔·斯维特洛夫，他写过一首诗叫《格林纳达》，他是一个非常有名的诗人。他是我的导师。在三十年代，他经常跟马雅可夫斯基一同逛街，他说马雅可夫斯基抽烟抽得特别厉害，像神经质似的抽，卷烟在嘴里叼着，不停地抽。

马:我想插问一下,马雅可夫斯基有没有牙齿?

叶:不知道有没有牙齿,但我知道他牙不好。当时已经开始逮捕作家了,有一天走在街上的时候,马雅可夫斯基把斯维特洛夫的肩膀一拍,问道:"米沙,他们会抓我吗?"斯维特洛夫说:"你在说什么啊,弗拉基米尔·弗拉基米罗维奇?! 抓谁也不会抓你啊,你可是首席革命诗人啊!"马雅可夫斯基回答说:"这也是很可怕的。"还有一件事,马雅可夫斯基出国的时候,在欧洲爱上一个白俄女人,他想和她结婚并把她带回俄国。

马:我听说过此事。

叶:马雅可夫斯基有一首诗非常著名,叫《苏联护照》,可当时没有地方发表,因为他爱上了一个白俄女人,他写了《苏联护照》,可他喜欢的女人却得不到一本苏联护照,这就是悖论。两天之后,已经去了列宁格勒的斯维特洛夫,听到了马雅可夫斯基在莫斯科自杀的消息。几十万人为马雅可夫斯基送葬,这是很少有的场景。顺便说一句,茨维塔耶娃爱过马雅可夫斯基。帕斯捷尔纳克在马雅可夫斯基死后写了一首伟大的诗作,诗里边有一句很经典的话:马雅可夫斯基开枪自杀的子弹,对于胆小鬼和懦夫来说就像火山的爆发。马雅可夫斯基对后来所有诗人都产生过影响,包括后来的布罗茨基,也就是说也影响到了反苏的诗人。虽然布罗茨基是一个比较傲慢的人,但是后来他也多次承认他在马雅可夫斯基那里学到很多东西。马雅可夫斯基影响到了所有诗人,他实际上改造了俄语的作诗法。但是,马雅可夫斯基写过很多不好的诗,但是只有一位诗人,他的不好的诗比马雅可夫斯基写得还要多，这个诗人就是我。

马：伟大的诗人都是这样的！

叶：我出了一本很厚的诗集，可实际上那里只收了我30%的诗作。我开始写诗的时候太年轻，而且是在斯大林时期。我对自己的诗是很严谨的，我的夫人玛莎在这方面也给了我很多帮助。马雅可夫斯基写有很多不好的诗，勃洛克也写有很多不好的诗。

马：是这样的，很多伟大诗人的诗往往是需要一个基座的，但总有一些诗作处于金字塔尖上。

叶：普希金也有弱的诗，他还是小孩子的时候就开始写诗，那些诗当然不会太好。

马：我之所以看重马雅可夫斯基，是因为在上个世纪初，他除了改变许多俄语诗人传统的写诗法之外，最重要的是，马雅可夫斯基的气势，对宏观诗歌的驾驭，是后来的诗人无法企及的。前不久，叙利亚大诗人阿多尼斯来北京，我们在叙利亚使馆有一次会见，在谈到俄罗斯诗歌的时候我就问他：您认为二十世纪最重要的俄语诗人是谁？他回答说：是马雅可夫斯基。

叶：哦，阿多尼斯，他是我的朋友，他有一些诗是在马雅可夫斯基的影响下写成的。后来为什么帕斯捷尔纳克和马雅可夫斯基分道扬镳，因为帕斯捷尔纳克有一段时间很欣赏马雅可夫斯基的诗，后来他觉得后者的影响实在太大了，他在有意逃避。

马：我想问一下您现在对曼德施塔姆的整体评价是怎样的。

叶：他是一个最无助的诗人。您知道吗，他起初是一个社会唯物主义者，曼德施塔姆有一次在共产国际开会的时候，采访过一个用假名在莫斯科活动的越南人，采访结束后，曼德施塔姆就下了一个预言，说这个人将来要成为亚洲的领袖，这个人就是胡志明。曼德施塔姆从来都不是一个反社会主义的人。曼德施塔姆写过讽刺斯大林的诗，而且也公开朗诵过，虽然帕斯捷尔纳克也警告过他不要去到处朗诵。

马：后来他被流放之前，斯大林还给帕斯捷尔纳克打了电话。曼德施塔姆翻译成中文的作品我都看了，我最喜欢的还是他临死前几年写的东西。

叶：曼德施塔姆就像个孩子一样，有人建议他别去朗诵关于斯大林的诗歌，但他还是去朗诵，他觉得无所谓。沃罗涅日现在有一座曼德施塔姆的纪念碑，一座很好的纪念碑。我写过五首献给曼德施塔姆的诗。您知道有一天曼德施塔姆去找过捷尔任斯基吗？

马：不知道。

叶：有一个内务部的工作人员叫勃留姆金，这人很喜欢去"流浪狗"咖啡馆，这里常有诗人作家聚集，勃留姆金这天到咖啡馆去，手里拿着一张要逮捕的人的名单，开始向人炫耀，我想让谁死谁就死，我想逮捕谁就逮捕谁。曼德施塔姆把名单抢了下来，然后就跑到外面，找捷尔任斯基去了。曼德施塔姆对捷尔任斯基抱怨说："您的工作人员就这么无礼吗？！"捷尔任斯基就说："我来解决一下。"然后拿起电话跟工作人员说："你们把勃留姆金抓起来！"可曼德施塔姆马上把电话挂掉了，说道："您这是在干什么？！我可没想让您逮捕他。"捷尔任斯基很惊讶，他不知道自己该怎么办,不知道曼德施塔姆跑到他这里来干什么。曼德施塔姆就像个孩子一样,他就是这样的人。

马:这件事我在他夫人的回忆录里读到过。

叶:在意大利托斯卡纳我得过一个诗歌奖,我在受奖的时候写了两句诗:从沃罗涅日的山丘到全世界,曼德施塔姆的诗四处传播。当时我感觉很不安,因为站在那个位置上的应该是曼德施塔姆,而不是我。

马:你们在不同的历史阶段都为诗歌做出过贡献。

叶:当然很遗憾,他死了,我还活着,有时候我还是感到很不安,许多诗人在生前都没有得到应有的奖励,我却得到了其他许多诗人没有得到的东西。我现在正在编一套《俄国诗选》,向过往的俄国诗人致敬,做出某种弥补,为他们正名,尽管我自己在这方面并没有什么过错。现在我已经编出三卷,共有五卷。我编的第一卷收的是斯大林时期被枪决的诗人以及侨民诗人的诗,这些诗没有发表过。我把这些诗收集到一起,一共有七十五位诗人。我现在做的诗选从《伊戈尔远征记》之前的口头文学一直到二十一世纪,一共有五卷,三卷已经出版。第一卷我送给了北京大学,每一卷都有 1.5 公斤重。这四十五年来,我一直在做这项工作。我认为,中国是唯一能把这套诗集翻译过去的国家。

马:好啊,我们来预祝这件事情成功!

叶:我曾对我夫人玛莎说过这样的话,只有中国才能做成这件事情,美国人翻不出来,他们只翻译了第一卷,剩下的就没有翻译,因为他们没有对诗歌的感觉,现在美国的好诗人很少。

马：那您如何评价您同时代的诗人沃兹涅先斯基呢？

叶：他写过十五首很好的诗，这已经足够了，已经很多了。

马：我发现苏联时期的格鲁吉亚有很多好诗人，是不是格鲁吉亚诗歌在当时的苏联水平还是比较高的？

叶：格鲁吉亚诗歌和俄国诗歌的关系非常奇特，好像在别的地方都从来没有过，是一种兄弟诗歌关系。我写过四行诗谈的就是这个关系，格鲁吉亚人都知道这首诗。一些优秀的俄国诗人都翻译过格鲁吉亚的诗，也写过有关格鲁吉亚的诗，现在我想给您读一下格鲁吉亚人都知道的这四行诗："啊格鲁吉亚，你是俄国缪斯的第二摇篮，你擦干了我们的眼泪。一旦不小心忘记格鲁吉亚，在俄国便无法继续做诗人。"

马：我发现帕斯捷尔纳克等很多诗人大量翻译格鲁吉亚的诗，他们之间有很深的诗歌关系，这些格鲁吉亚诗人一到莫斯科就与俄罗斯诗人聚会。

叶：俄文版的格鲁吉亚诗集有很厚的一大册。很遗憾，现在的格鲁吉亚人，尤其是年轻人，已经不太懂俄语了。你们知道吗，美国人很少翻译诗歌，他们没有这种翻译意识，他们缺乏诗歌翻译艺术。苏联这个国家可能有这样那样的缺点，但是它有一片属于文学的巨大天地，在这片土地上可以翻译任何东西。苏联解体之后，拉脱维亚、格鲁吉亚等成为独立的小国，可是美国人却认为没有必要翻译这些国家的诗歌，有谁会对一部《格鲁吉亚诗选》感兴趣呢？比如加姆扎托夫，一位苏联时期很好的少数民族诗人，他的诗被翻译成各种语言，出版成千上万册，可遗憾的是，我和他现在几乎失去了联系。在他们那里，只有一些老年人会说俄语，年轻人几乎不说，他们也没学会说英语。

马：有一个苏联时期的少数民族诗人，叫艾基，刚过世不久，您怎样看待他的诗歌呢？

叶：是我发现的他，他的诗要出版的时候，没人愿意给他写序，是我写的序。我很早就认识他，他去过我家。我想跟您说，艾基早期的诗有点模仿马雅可夫斯基，但他是当时最有才华的诗人。他起初没有什么文化，后来上了文学院后他天天看书，泡图书馆，最后自己学会了外语，法语学得特别好，所以他的诗很像西方诗。我们两人的关系非常好，直到他去世。他的诗读起来就像手上的霜花，过一会儿就不存在了。总之，他是一个很好的诗人，但我没有把他的诗收进我编的诗选，因为他写的是楚瓦什的诗，完全就是外国诗。

马：中国有一些诗人翻译过他的诗。

叶：我想出版他早期的诗，但是他夫人想让我收录他后期的诗，我最烦别人教我说哪首诗应该收入，哪首诗不该收入。我认为他早期的诗最好，所以我干脆没收他的诗，否则我怎么跟他夫人交代呢？

马：他夫人是不是很年轻？现在她住在哪里？

叶：我们是同龄人，但我也不知道她在哪里生活，打电话也从来都找不着她。

马：在中国有几个诗人翻译过他的诗，但数量不多，在《世界文学》和其他一些杂志上介绍过。您说得对，我看他的诗不像是俄罗斯人的诗,他的诗更像法国诗人和意大利诗人写的。另外他后期的诗我们看到的还是很有限的,他的诗都很短。

叶:他的诗像霜花一样,又优雅,又轻薄。

马:您写了很多关于俄罗斯诗人的文章,这些文章被翻译过来,在中国也发表了,我都看过。我想问您的是,您在写到叶赛宁的时候,说他的诗非常不好翻译,但是我感觉叶赛宁的诗是好翻译的,可能因为我不懂俄语。您认为它不好翻译,是不是因为他用了大量的俄罗斯乡土语言和乡村语言呢?

叶:如果您觉得叶赛宁好读,并不难懂,可能因为中文的翻译比较好,叶赛宁的诗中有很多关于俄罗斯乡村事物的描写,叶赛宁的诗像歌一样,有丰富的韵律,在中文诗里,韵脚也许并不像俄语中的那么多,俄语诗中的韵脚很多是从古代口头文学里来的,普希金也用了这些口头韵脚,这些韵脚其实是很难翻译的。

马:您如何看待特瓦尔多夫斯基的作品呢?

叶:《瓦西里·焦尔金》是特瓦尔多夫斯基最伟大的人民作品,这位伟大的诗人从未写过一首爱情诗。

马:他的爱情都变成了实际行动。

叶:您知道吗,他甚至不喜欢别人写的爱情诗。他是一个好编辑,和农村有关的东西他都要特别地捍卫,他出版过索尔仁尼琴的作品,这是他最伟大的功勋。他特别爱护农村。特瓦尔多夫斯基差点被捕,马尔夏克曾向他发出警告,后来当局把这事给忘了,谁也不记得了,他就平安无事地躲了过来。

马:我读过很多相关的文章,说爱伦堡当时也比较危险,如果斯大林再活一两年的话,可能爱伦堡也会进去。

叶:当然了,可能所有的人都会进去的。

马:有一个人一直很危险,但是一直没有被逮捕,那就是肖斯塔科维奇。

叶:从来没有人想逮捕肖斯塔科维奇,在斯大林时期有人强迫他去美国,但他不想去,家人都在俄罗斯嘛。他去美国的时候,有人问他:您怎么看待苏共和斯大林对您作品的评价?他马上就回答:我完全同意他们的看法!他没有别的想法,因为他的家人都在俄罗斯。美国的一些报纸就愚蠢地写了一些对肖斯坦科维奇比较负面的报道,但是这个事可以理解,因为他的家在俄罗斯。而美国人,他们往往就像孩子一样残忍,什么都不明白。

马:我看过一个音乐家写的一篇文章,专门谈到肖斯塔科维奇,如果我没记错的话,他写到,肖斯塔科维奇根据您的诗写了一首曲子,有一次在美国演出,肖斯坦科维奇和您都出席了那场音乐会,是不是这样的呢?

叶:他用我的五首诗写了一部交响曲,也就是著名的《第十三交响曲》,在中国也演出过。我在美国没有和肖斯塔科维奇在一起过,您看到的可能是我和肖斯塔科维奇的儿子马克西姆·肖斯塔科维奇在一起,有一次在纽约。他儿子也是一位音乐家。

马:我看到的是一位音乐家写的文章。根据您的诗谱成的《第十三交响曲》的演奏时间有多久?

叶: 五十多分钟。他的《斯捷潘·拉辛》要稍短一些,四十五分钟。他还根据我的诗写出了《娘子谷》。您知道我今年有过一次从圣彼得堡到远东的诗歌旅行吗?

今年俄罗斯有两个盛大节日,一个是文学年,一个是卫国战争胜利七十周年纪念。我们很多人横跨俄罗斯大陆,当时乌苏里斯克也来了很多中国人,我和其他演员坐船走了四十天,做了二十八场诗歌朗诵会,当时来了很多会说俄语的中国人和其他人。那里是边境地区,不需要签证。

马:我注意到前段时间的一个报道,可能就是你们组织的一个活动,在马雅可夫斯基广场上有一个很大的活动,是不是就是你们文学年的一个活动?

叶:可能不是在马雅可夫斯基广场,而是在卢日尼基体育场。我的诗歌晚会有七千人参加,持续了五个小时。电视台第一频道作了转播。

马:如果从俄罗斯诗歌的传统来看,当然普希金是一个主流,但在我看来,您和马雅可夫斯基,你们应该属于莫斯科诗派。

叶:其实是同一个传统,不应该有莫斯科传统和彼得堡传统的划分。

马:当然普希金是一个主要的、大的传统,但是他之后的诗人,好像一部分在彼得堡,一部分在莫斯科。因为我看到,很多在圣彼得堡生活过的诗人,他们非常强调他们在彼得堡的生长环境,强调他们的诗歌传统,强调他们的彼得堡诗人身份,最明显的例子就是布罗茨基。

叶:布罗茨基是个特殊的人,可是我的夫人严禁我谈起他。

马:诗人是可以自由地交流的嘛。

叶:我夫人做得对。您知道吗,1972 年,我在纽约麦迪逊广场开诗歌朗诵会,在俄罗斯诗人中我是头一个。那时候我还不会讲英语,现在会了,我现在能用四种语言朗诵诗歌,除俄语外还有意大利语、西班牙语和英语。

马:这里有我的一首长诗,是一个多语种版本,有汉语、英语、德语、法语和西班牙语等不同语言。

叶:有西班牙语的吗?

马:有。

叶:那我现在就给您朗读一下西班牙语译文。

马:这是一本手工制作的诗集。您的西班牙语是什么时候学的?

叶:从来没学过,自然就会了。我喜欢跟人聊天。您要是给我出版一本多语诗集,我就可以在任何地方用任何语言给任何人读诗。

马:这不简单。

(叶夫图申科用西班牙语朗诵了吉狄马加长诗《雪豹》的一个片段。)

叶:翻译得很好。我写过一首献给切·格瓦拉的诗,美洲人都知道这首诗,智利总统阿连德很喜欢。您这首诗的西班牙版本是谁翻译的?

马:是西班牙一个女诗人翻译的,她也是一位汉学家。

叶:翻译得很好,您也写得很好,比如这一句:“我的诞生是一个奇迹。”这一句非常棒,非常好,很有点叶夫图申科风格啊!(众人大笑。)这句诗非常好。我也写过一句诗:“我想生在所有的国家。”跟您这句诗很相像。这首诗的翻译非常好。“我要唤醒自己的良心。”您这里也有马雅可夫斯基的味道,遥远的一个回声,有马雅可夫斯基的味道,非常好!

马:这里还有德文和英文的,您认为英文的怎么样呢?

叶:(朗诵一段英语译文。)英语版译文缺乏音乐,西班牙语译文则充满音乐。西班牙语译文还是更好一些,英译译文里有形象,但西班牙语译本里既有形象也有音乐。

马:后面还有法文版。

叶:我懂法语,但不是很好。这里的“部落”指的是什么?

马:实际上写的是一群雪豹,写这个雪豹的秘密,实际上也是写人的。

叶:(继续朗读)这首诗很棒。读了这些诗一下子就能感觉到您不只是一个中国人,而且也是一位整个地球的人。

马:您愿意听一听我献给阿赫玛托娃的那首诗吗?

叶:好啊!(叶夫图申科朗读了俄罗斯莫斯科联合人文出版社 2015 年出版的吉狄马加俄文版诗集《黑色奏鸣曲》中的《献给阿赫玛托娃》一诗,李英男译。)译文中虽然有一些词还值得再作推敲,但整体翻译还是很好的。一首好诗,翻译得也好。您在写这首诗时的情感,您的体验,使我觉得您几乎就是一个俄国诗人。(叶夫图申科又朗读了《献给茨维塔耶娃》一诗)这部诗集很漂亮,这上面的画是您画的吗?太漂亮了!您像普希金一样,能写诗,也能画画。您能不能送一幅画给我呢?我在莫斯科有个博物馆,里面收藏有很多画作，其中就有毕加索的画，是他亲自送给我的。

马：当然可以，没有问题。

叶：您读过陀思妥耶夫斯基的诗吗？

马：我只看过他的小说。

叶：我是第一个把陀思妥耶夫斯基的诗收入诗选的人，在我的五卷本诗选中收录了他的诗。（朗诵陀思妥耶夫斯基的诗作《世上有过一只蟑螂》）这首诗很像哈尔姆斯的诗，哈尔姆斯读过陀思妥耶夫斯基的诗，他有可能是从陀思妥耶夫斯基那里学来的。陀思妥耶夫斯基的这首诗出自小说《群魔》，小说中的一个人物列比亚特金大尉也写诗。您这部诗集是什么时候在俄罗斯出版的？

马：去年。

叶：非常漂亮的一本书。您写到了翁加雷蒂，您知道吗，我与他很熟，我翻译过他的诗。

马：在那一批意大利诗人里面，我最喜欢的就是翁加雷蒂。

叶：一位好诗人，隐逸派诗人。

马：您认识帕索里尼吗？

叶：帕索里尼？！帕索里尼邀请我去他的电影里扮演基督这个角色，可赫鲁晓夫不让我去，他感觉这是个恶毒的玩笑。您看过那部电影吗，帕索里尼的《马太福音》？他妈妈扮演的圣母。

马：对，对，看过。

叶：有很多意大利电影导演，比如费里尼、安东尼奥尼等，都给赫鲁晓夫写信，让他允许我去意大利拍片，还说影片一定会从马克思主义的角度来拍摄基督，可是没起到作用。

马：帕索里尼是同性恋，也是意共党员，在意大利引起的争议很大。

叶：帕索里尼是我的朋友。

马：他是二十世纪的一个伟大天才。

叶：但他曾经是一个非常好的诗人。

马：他的诗粗粝，刚一看很粗糙，但是很有力量，他故意写得很粗粝。

叶：您看过拉法埃尔·阿尔贝蒂的画吗？

马：看过。您知道吗，阿尔贝蒂的女婿现在是古巴作协的主席，今年 8 月我还邀请他来过。

叶：您去过古巴？

马：去过。

叶：喜欢古巴吗？

马：很喜欢。

叶：阿尔贝蒂翻译过我的诗。

马：请问，您作为一位诗人，对于这几位西班牙语诗人怎么看？比如聂鲁达、洛尔迦、巴耶霍、马查多和尼古拉斯·纪廉等等。

叶：他们都是很好的诗人。

马：您更喜欢谁？

叶：都喜欢。我写过一首诗给聂鲁达，我们在一次朗诵会上一同朗诵，当时有八千人，我们几个人一起给他们朗诵，阿连德总统也到场，他和大学生们一起坐在地板上听我们朗诵，因为座无虚席。

马：您见过聂鲁达?!

叶：他是我的好朋友，我们当然见过，我到智利去过好几次。

马：我也去过，聂鲁达的两个故居我都去过。另外我还去了秘鲁，去了巴列霍的家乡——在安第斯山脉的深山里，坐十几个小时的飞机到秘鲁，然后再坐六个小时的汽车进去。

叶：这太好了，我发现您是一个世界公民，见多识广，现在这样的诗人几乎很少了，他们看到的都是眼皮底下的小事，就像小猫。

马：不是狮子。

叶：(再度朗诵吉狄马加诗的俄文译作)诗写得的确好!

马：如果您觉得这首诗还不错，那就说明翻译得还不错?

叶：译得很好。

(首师大研究生李元用俄语为叶夫图申科夫妇朗诵了吉狄马加的《太阳》一诗)

叶：谢谢，太好啦!

马：今天和您的会见是我今年最高兴的一件事!

叶：谢谢!

马：我读了中国翻译的您的很多诗，包括您的长诗《妈妈和中子弹》我也读过。

叶：重要的是，您是那种很少见的可以把地球当做自己的家的人，地球就像一个人的身体，心灵就是由世界各国人民的诗组成的。有很多人，包括美国人，都只关心本国的文化，有时候连本国的文化也不是很了解。您呢，把所有国家的文化都放在自己心中。沃尔特·惠特曼给俄国人写过一封信，但是没有一个人读过这封信，如果有人读了，现在的俄美关系可能就不是这样的。有一次我去乌拉圭，看到一个场景，星期天，在一个小村庄的广场上坐着二百多人，所有人都是基督徒，戴着草帽，光线比较暗，有一个男孩在读书，那个小男孩正在读马尔克斯的《百年孤独》。这个男孩是村子里唯一有文化的人，十二岁，他就给村子里的其他人读马尔克斯的书。然后，我也要了杯咖啡，坐下来听。这些人流着眼泪听。我之后就走到小男孩面前，看看这本书，然后自己也去买了一本《百年孤独》，我知道这是一本伟大的书。我问那个男孩，马孔多小镇在哪里，男孩说没有这个镇子，但是这个镇子无处不在。杜撰出来的，但是无处不在，这就是世界文学。我再讲一个故事。有一段时间，我跟苏联政府的关系不太好，因为我为很多画家说话，就在赫鲁晓夫时期。不管怎么样，我还是能够原谅赫鲁晓夫的，他允许索尔仁尼琴的《古拉格群岛》发表。我的《斯大林的继承者》一诗写成后，他专门派一架军用飞机把我的诗送到《真理报》编辑部发表。之前没有人发表我的这首诗，他们都是斯大林的拥护者。赫鲁晓夫其实不懂画，他没什么文化，很多人挑唆赫鲁晓夫，想让他对画家做一些不好的事。《真理报》上发表了我的诗后，很多人给赫鲁晓夫写信，说报上发表了一首反苏的诗，但是他们并不知道这首诗是赫鲁晓夫自己派军用飞机送到编辑部的。赫鲁晓夫跟当时主管意识形态的部长说：我让《伊凡·杰尼索维奇的一天》发表，有人不高兴，我让叶夫图申科的诗发表，有人又不满意了，难道我这个人也是反苏的吗？赫鲁晓夫还说要颁布一道法令，把书刊审查制度彻底取缔。在马涅什广场每年都会举行一次画展，苏联时期从未展出过抽象派画作，伊利切夫，当时的相当于宣传部长的官员，给所有人打电话说，现在书刊审查制度要取消了，你们赶紧把你们的抽象派画作拿出来展览吧。赫鲁晓夫看画展时一切都很正常，然后一群人打开一个小房间，这个房间的画作没给其他人看过。赫鲁晓夫就是一个普通人，也没有受过高等教育，他就觉得这个画好像没有画完，就很奇怪，这些人都没有脸。有人告诉他，这些画已经画完了，他就问为什么这些人没有脸。然后有人告诉他，因为这些画家憎恨苏维埃的面孔，这些画家看不起我们的农民、工人兄弟。赫鲁晓夫说太过分了，怎么能不喜欢我们国家的人民呢？于是就对画家进行了批判。那个时候，我刚从古巴回来，这件事闹得沸沸扬扬的，我当时就反对赫鲁晓夫的做法，虽说我对赫鲁晓夫很尊重。

马：您第一次去古巴是什么时候？

叶：六十年代。

马：您去古巴的时候见到了尼古拉斯·纪廉吗？您喜欢他的诗吗？

叶：他是个好诗人，但革命以后有了好房子，和一些权贵住到一起后，他就变了。有一次他邀请我去他家做客，我以为他要跟我讨论诗，结果他让我看他家的卫生间。他反对过聂鲁达。

马：聂鲁达在纽约朗诵诗，他们古巴作家，包括尼古拉斯·纪廉，就发表声明谴责聂鲁达。

叶：在纽约读诗有什么不好的呢？

马：而且他朗诵的还主要是反美的诗。

叶：这与在前线读诗也没什么区别。一个伟大的诗人可以反对任何人，但是不可以反对自己的人民。

马：对对，当然是这样。

叶：我到过九十七个国家，在俄罗斯诗人中间我可能是唯一一个到过九十七个国家的人，我从未见过任何一个国家有不好的人民。

马：我现在与您还差得远，我只去了几十个国家。您肯定见过土耳其诗人希克梅特吧？

叶：他是我的朋友，也是我的兄弟。

马：您对他的诗怎么评价？

叶：他有天才的诗作。“如果我不燃烧，你不燃烧，他们也不燃烧，到底谁来燃烧呢？”这是世界上唯一一个诗人，在苏联时期曾经给我打过电话，说：“任尼亚，我得一个大奖，有很多钱，你现在缺不缺钱啊？”您知道吗，他本来要被判死刑的，贝利亚要枪毙他，当时我十八岁。

马：他是在土耳其蹲过两次监狱，最长的一次差不多蹲了九年。

叶：我在1952年第一次参加国宴，就是因为他读了我的诗，想见我，所以就把我请去了。他二十年代在苏联，他见过马雅可夫斯基，俄语说得很好，他在监狱里面也没忘。莫斯科所有知识分子都知道他。

马:有个导演叫梅耶荷德,他在梅耶荷德手下工作过。

叶:是的,他是梅耶荷德的助手。有一次,他在舞台上对知识分子观众们说:我在莫斯科跑了三天,从来没有看到过像梅耶荷德这样的剧院,你们弄的都是资产阶级的戏剧。他说,过段时间斯大林要接见我,我一定要像一个共产党员对共产党员那么说,说在大街上到处都是您的画像和雕塑,可这些作品做得都品位不高,很糟糕。下面一片寂静,谁都不敢说话。扎瓦斯基是那台演出的导演,他和乌兰诺娃有爱情关系,这个导演说:您的这番话斯大林一定会乐意听,因为他作为一个有品位的人,一定很讨厌这些模型。您知道吗,做画像的人也不是那么有文化的,斯大林也不太方便直接跟他们说出自己的想法。希克梅特和斯大林没有见过面。斯大林死后,我常去希克梅特家做客,当时贝利亚已经被枪毙了。希克梅特是一个伟大的诗人,我们俩关系非常好,如果所有的共产党员都像他一样,我可能也会入党。

马:他的爱情诗写得非常好。

叶:是的,是的。我们在聚会的时候,来了一个人,正好是冬天,那个人穿得严严实实的,突然跪在希克梅特面前,流着眼泪说:"请您原谅我吧。"希克梅特认识他,就对他说:"万尼亚,你起来吧,不要跪着了。"这个人是他以前的司机。他对司机说:"你忘了这事吧。我知道你要说什么。"

马:这个人是密探,是监控他的?

叶:这个人是国家派给他的职业司机。诗人跟他的司机关系很好，甚至还去过他家里，后来贝利亚就把这个司机叫去了，对司机说：你知道你每天拉的这个人是谁吗？这是一个戴着面具的敌人，他想谋害斯大林同志。司机说我不相信，这是不可能的。贝利亚说，我们派你制造一起车祸，下一次见面就告诉你该怎么做。司机说我不参与，我也不相信您说的。我在《斯大林的葬礼》中提起这件事。贝利亚于是招呼一群囚犯进来，指着他们对司机说：这些人很久没碰女人了，难道你想让他们出去后第一个碰的女人就是你妻子吗？司机被迫同意合作，因为他的妻子是两个孩子的母亲。

马：但这件事情最终没有发生。

叶：因为贝利亚很快被抓起来了，被枪毙了。

马：贝利亚当时为什么要害希克梅特呢？

叶：就因为他在剧院讲的话，说斯大林的雕塑和画像太糟糕了。

马：我今年2月去过土耳其，在土耳其见过一些诗人，他们对希克梅特评价很高。

叶：他们只是现在才评价很高，当年可没把他当回事。

马：他现在的坟墓在莫斯科，他们想把他的遗体迁回伊斯坦布尔。

叶：他的第一部诗集在土耳其很长时间都没有出版社愿意出版，六十年代的时候我去土耳其，发现没人知道他，只是在我的文章发表以后他们才开始重视他，中小学生都知道他，他现在已经是个经典作家了。

马：您也是一位经典作家。

叶:那是现在这么认为,之前对我的评价可不是这样的,是人民在支持我。

马:在这样一个复杂的社会历史环境下,一个大诗人是不可能不引起争论的,最重要的是您的作品今后能留下来。

叶:永远留下来这很难说,谁也不知道。我们那一代人的准则实际上是我们自己制定出来的,沃兹涅先夫斯基就有一句诗表达过这种观点。在帕斯捷尔纳克的事件发生后,许多人攻击他,也有人来要我出面发表意见,我拒绝了,有人问我为什么不反帕斯捷尔纳克,我回答说:我不想让自己的儿子或孙子往我的坟墓上吐唾沫。我问那些反对帕斯捷尔纳克的人:"你们读过帕斯捷尔纳克的小说吗?"很少有人读过。赫鲁晓夫在这件事上其实也被骗了,因为有些作家把帕斯捷尔纳克的小说《日瓦戈医生》由七百多页缩减成三百多页的摘抄本。帕斯捷尔纳克其实是一个非常纯真的人,他对社会主义没有那么大的反感,那些栽赃他、迫害他的人往往都是因为嫉妒他。

马:我读过一些回忆录,发现经常找他谈话的人有费定。

叶:噢,费定是个坏蛋,他干了很多坏事。

马:那么法捷耶夫呢?

叶:法捷耶夫用一颗子弹把自己给了结了,他是一个好人,只是所处的时代不好。我不喜欢他这个人,但是喜欢他的《毁灭》。

马:刚才有个问题没来得及问,马雅可夫斯基的死是由于他和那个时代错位了,才导致的自杀吧,不是因为个人感情,我看主要是他和他那个时代已经错位了。

叶:他就是害怕被捕,对于那个时代来说他太大了,他已经大到什么话都可以说的地步,政府肯定是不喜欢这样的人,但是人可以有另外一些出路,可以忏悔。

马:他的自杀就是一种忏悔!

叶:法捷耶夫死前写了一封绝命信,这就很好,就是忏悔。

马:那么叶赛宁最后选择自杀,主要原因是什么呢?

叶:说他是他杀纯属谣言,是胡说八道。叶赛宁喝酒喝得太多了,非常好的诗人,但是酒喝得太多。但是人民喜欢他,普通老百姓喜欢他。去他墓地拜谒的人有很多,有诗人,也有出租车司机和农民。他的诗流传广泛,就像维索茨基的诗歌。

马:弹唱诗人维索茨基?

叶:他也是我的朋友,遗憾的是,他也喝酒。

马:上一次我们去俄罗斯,接待我们的是米哈尔科夫。

叶:哪一个米哈尔科夫?

马:谢尔盖·米哈尔科夫。

叶:他对您说了什么?我第一次来中国就是和谢尔盖·米哈尔科夫一起来的。

马:他说,在斯大林欢迎毛泽东的宴会上,他跟毛泽东交谈过。我们去访问的时候,当时的独联体国家作家协会的工作比较混乱,所以请他出来主持工作。

叶:您知道吗,米哈尔科夫写过几首好诗,儿童诗,他很有才华,但他是一个胆小怕事的人。

马:胆小怕事?但是他显得胆子很大啊。

叶:他看起来胆子很大?

马:我们那次去访问,见面时,他喝了两大杯白酒。

叶:这个很少见。

马:他两次成为苏联国歌的作者,普京总统时期的新国歌也是他写的。

叶:他自己是国歌征集委员会的主席,他就把机会给了自己,谁能有什么话好说呢。但他的儿童诗很好,我们所有人都读他的儿童诗。

马:现在您太太不在这里了,您说一说布罗茨基的情况吧。

叶:我不说。这没什么意思。布罗茨基如今是一个各种诗选都会选其诗作的诗人,对作为诗人的他,我没什么好说的,可对他这个人我却有些看法。实际上,您知道吗,是我让他获释的,他后来出国我也帮过忙。我有一个朋友是意大利和苏联友好协会的负责人,也是意大利共产党员。当时对布罗茨基的审判很可怕,他是一个很有才华的诗人,应该救他,我和那个意大利朋友一起写了一封信,以意大利共产党的名义,当时意共很强大,我们一起去见意大利大使,让他把这封信送到苏共中央政治局,大使本来可以不管这件事,但是他也认为这样做是对的,也在信上签了名。我们在信中说,对布罗茨基的审判只会让所有苏联的敌人感到高兴。考虑到苏共和意共当时的关系,这封信肯定起到了作用,这封信被直接送到政治局,一个星期以后这个问题就解决了。布罗茨基实际上没有坐过牢,只是被流放到乡村。可是后来他自己产生了一个很奇怪的想法,无端指责我。在美国,有一次当着一个美国出版社社长的面，当着很多美国朋友的面，他向我道了歉，但是道完歉之后呢，他还是继续说我的坏话，他从来不说谁是真正让他获释的人。

马：我看过布罗茨基写的一篇文章，推介西班牙语的重要诗人，从古典诗人到二十世纪的西班牙语诗人，可是不知他为何唯独没有提到聂鲁达。他为什么不提聂鲁达呢？

叶：他有他的趣味，比方说，他甚至不认为俄语诗人中最伟大的是普希金，他认为是巴拉丁斯基，这是一回事，而布罗茨基的诬陷又是另外一回事。布罗茨基从来不把这些诬陷的话说给美国出版家听，只说给俄国侨民。在美国有这样的法律，俄侨之间的问题在美国的司法部门不会被受理，在俄侨杂志上可以随便说话，却不会承担法律责任，因此，任何一份俄侨杂志都是妖魔鬼怪、毒蛇居住的地方。玛莎不让我说这些，这个问题是我心中最大的伤口之一。肯尼迪是我的朋友，他遇刺之后我写了一首诗，在全世界都很罕见的是，它同一天被发表在《纽约时报》和《真理报》上。其中有一句话说："林肯在大理石座椅上痛苦喘息。/他们再次向他开枪！野兽般的屠杀。/美利坚，你旗帜上的星星就像一个个弹孔！"谁是这首诗的第一位听众呢？是布罗茨基，他在我家里听到了这首诗，当时还没发表，他当时刚刚获释被放出来，去了我家。他还建议我们一同去莫斯科的美国使馆，把这首诗写在悼念簿上。此事二十年过后，我和妻子玛莎一起去美国工作，情况却发生了变化，俄国流亡者到我家里，对我说布罗茨基写文章诬陷我。我当时收到美国一个高校的任职邀请，布罗茨基写了一封信给校长,说我写过侮辱美国国旗的诗,他指的就是我当年在肯尼迪遇刺后写的那首诗,当年布罗茨基曾说我的诗写得好,现在又用它来攻击我。但是您要知道,布罗茨基在美国密歇根找到工作,就是我写的推荐信。收到布罗茨基诬告信的那个校长告诉我,在任何情况下都不会把布罗茨基写的那封信给我看。谢天谢地! 布罗茨基还写信到美国科学院,说不能接受我做院士,这个时候他也不敢说他在侨民报纸上说的那些话,只是说:"他不够格。"美国科学院方面说:"我们不管这个,他是位诗人,他的诗全世界都知道。"在华盛顿大屠杀纪念馆的石碑上就刻着我的《娘子谷》里的诗句。这个故事真让人忧伤。为什么会这样,为什么他要这么做,我也不知道。可能是性格原因。

马:布罗茨基在生活中是一个什么样的人?

叶:很孤傲,美国性格。布罗茨基的童年很痛苦,但是我们这一代人的童年都很艰苦。

马:但是您的心理很健康。

叶:这都是几十年锻炼出来的,我已经很老的。这大约就是我要说的了。

马:以前读了您的很多诗,这次见面加深了我对您的心灵和思想的深层次了解。

叶:您有没有读过我的小说《不要在死期之前死去》? 现在我在写第三部小说。

马:没读过,回去一定拜读。

叶:我今天有幸见到一位诗人,您不仅是中国的诗人,而且是世界的诗人，扎根在中国大地上的诗人，但枝叶却是世界的。整个俄罗斯的历史都是在西方派和斯拉夫派的斗争中发展的，普希金就很好地解决了这个问题，他融合了西方派和斯拉夫派的气质，他既是西方派又是斯拉夫派。在您身上，我也看到了这种交融。普希金也是第一个提出女性不是男性附庸的诗人，普希金认为，男人应该能在被女性抛弃的时候仍然去祝福她。我也有过这样的体验，玛莎给了我很大的帮助。当时我的妻子，两个孩子的母亲离开了我，也许她是对的，她做出了这样的选择。后来我遇到了现在的妻子，我先是爱上了她的手，像大理石一样的手，看到她的脸，我觉得更漂亮，当时玛莎很年轻，还是一个女大学生。我们在一起生活很久了，她是唯一一个和我共同生活了三十年的人。当时，玛莎见到我时对我说："您不是我崇拜的诗人，我喜欢的是奥库扎瓦，我是在帮妈妈索要您的签名。"我对她说："可是我想写上您的名字。"玛莎留了一个电话，是当时她工作的旅行社的公共电话。第二天，我打电话到旅行社找玛莎，旅行社工作人员接了电话，并问我是谁。我说："我是叶夫图申科，我找玛莎。"工作人员一听我是诗人叶夫图申科，就惊住了，他问："您找哪一个玛莎，我们这里有四个叫玛莎的。"于是，就让三个玛莎一个个来听电话，她们都不是我要找的玛莎。工作人员把玛莎家的电话给我，是玛莎的奶奶接的电话，她奶奶问我："您真的是叶夫图申科吗？为什么现在广播里有您在讲话，您怎么又能同时在电话里讲话呢？"当时，玛莎在巴甫洛夫斯克医学院学习。我已经离婚了，准备把自己交给她。后来我给玛莎打电话，告诉她我将一个人孤零零地去西班牙。玛莎给了我很智慧的建议,她劝我应该挽救这个家庭,不然我会一直认为是前妻破坏了这个家庭,因此留下对家庭的阴影,以后也不可能真正地爱上另外一个女人。玛莎还做了另外一件事,就是让我以前的妻子和孩子们相互联系。我结了四次婚,现在的妻子是最后的妻子,我有五个儿子,大儿子是养子,他以前是一个画家,已经去世了。他出生在一个很贫困的家庭里,是我把他领养了,但是他患有遗传性的疾病。

马:您有女儿吗?

叶:玛莎对我来说是母亲,也是女儿。

马:让我们为玛莎举杯!

叶:玛莎不让我参与政治。

马:你们现在常住在美国吗?

叶:我在美国、莫斯科都有家,经常往返两地。我在格鲁吉亚本来也是有房子的,但是被烧毁了。

马:为什么会烧毁呢?

叶:战争中被烧毁了,本来都好好的。

马:在格鲁吉亚现在有没有很好的诗人?

叶:这个问题很难回答。格鲁吉亚的电影比较好,有一部电影叫作《忏悔》,在苏联解体之后这部电影被重新拿出来放映。

马:很多俄罗斯作家、诗人都很喜欢格鲁吉亚吧?

叶:苏联时期我曾经是格鲁吉亚文化委员会主席,是谢瓦尔德纳泽任命的。最后一位大使是一个很有名的诗人阿巴希泽的儿子,我们关系很好,他是格鲁吉亚驻莫斯科的大使,他给了我一个有效期五十年的签证，别人谁都没有，那是唯一一份有效期五十年的签证。

马：现在坐飞机从莫斯科到格鲁吉亚要多长时间？

叶：一个半小时。

叶：我等着您的画，我在莫斯科的博物馆等着您的画。

马：好的！今天特别高兴！最近几天我就找出您的小说读一读，再过两个月，我估计我就会说俄语了。

叶：好的。但愿现在不会堵车了。马加，告别之前，我想对您说一句很重要的话：我们这个人类社会、这个世界长时间处在由政治控制文化的环境之下，现在，我觉得应该反过来，要让文化来决定政治和社会。

马：这句话很重要，实际上在人类社会，一旦到了文化控制世界的时候，这个世界就会更加人文，也可能更有秩序。

叶：对，是这样的，俄罗斯和中国都应该这样做。

马：夜已经很深了，今天就谈到这里。祝您晚安！也祝您明天旅途愉快！

叶：谢谢，再见！

注：叶·亚·叶夫图申科(1933—2017)苏联俄罗斯诗人。他是苏联五十年代末、六十年代初“大声疾呼”派诗人的代表人物，也是二十世纪最具影响力的诗人之一。他的诗题材广泛，以政论性和抒情性著称，既写国内现实生活，也干预国际政治，以“大胆”触及“尖锐”的社会问题而闻名。

追问存在和虚无以及生命真实的意义

——答《成都商报》记者问

问：吉狄马加老师您好，读您的诗，我注意到，“对话”构成了您诗歌的特征。与彝人先祖的对话，与伟大灵魂的对话，与这个世界的对话，大量存在于您的诗歌文本。能谈谈您是如何形成这种诗歌创作特征的吗？

答：是这样的，我以为任何一个诗人都有他独特的表述方式，特别是比较成熟的诗人。当我们面对深不见底的内心，浩瀚辽阔的宇宙，已经逝去的祖先，隔界相望的灵魂，宁静神秘的黑暗，穹顶永恒的光，毫无疑问，作为诗人都会去与其沟通并对其倾诉。在我的诗歌文本中，有这样的对话方式并不奇怪，如果你去阅读彝族人传承下来的经典史诗，以及那些数量繁多的赞颂祖先和万物有灵的诗歌，你就会知道它的来源。伟大的诗歌，无论在什么时代，它都会连接着生和死，都会永远不停息地去追问存在和虚无以及生命真实的意义。

问：灵魂和自然是您的诗歌关注的两大主题，而这两种东西又恰恰是当代人关注最少的。为什么您对这两大主题情有独钟？

答：这不是对某种东西感不感兴趣的选择，关注灵魂和自然，从某种意义上而言，是我作为一位诗人的责任和使命，对灵魂和自然这两大主题情有独钟，我不是第一个人，当然也绝不会是最后一个人，在我们的前面，有许多伟大的诗人，一生都围绕着这样的主题在写作，不用我多去举例，伟大的德语诗人荷尔德林就在群山和时间之上，写下过无数充满了灵性和蕴含着无穷自然力的诗歌，希腊诗人卡瓦菲斯同样为我们留下了数百首，就是重读一千遍都会给你带来惊奇的神秘奥妙的诗篇。老实说，这不是我个人的主题，其实它是所有卓越诗人的主题。

问：记得早些年您曾经出版过一本诗集《一个彝人的梦想》，能说说您的这个梦想是什么吗？现在实现了吗？

答：什么是我的梦，其实我已经通过我的每一行诗回答了这个问题，这或许是一个人的梦，一个民族的梦，如果从更大的角度来讲，可能是人类的梦。就诗人个体而言，他只要活在这个世上，他每天都会做梦，如果哪一天没有梦了，他的双手无法再抓住梦，他的意识无法再感知梦的存在，那么，他的心中就不会再有诗歌，说到底，这是一个简单而朴素的真理，只要人类的梦存在一天，诗歌就不会死亡。我可以明确地告诉你，我实现了一些梦，我也丢失过一些梦，但直到今天我仍然在做梦。

问：您曾在一首题为"身份"的诗中写道："有人失落过身份、而我没有……"，后来您也曾以"身份"为名出版过一本诗集，足见您对"身份"的重视。在外界您有很多个身份，您自己最认同的身份是哪一个呢?

答:我曾写过一首名叫“身份”的诗,也有一本被命名为“身份”的诗集。关于身份问题,已经有多个提问者问过,但我要告诉你的是,如果把身份这个话题延伸,其实它是一个哲学话题,那就是作为人,我们是谁,我们是从哪里来的,我们要到哪里去,当然,这不是一个新话题,它已经非常古老了,但是,在今天这样一个全球化时代,它似乎又被赋予了新的内涵。个人和集体,人和社会,个体的存在与其依存的主体都发生了很大的变化,但是,从社会学的角度看,人类无论发生怎样的变化,文化对它的影响,都是最直接最重要的,人类每时每刻都还会思考这个古老的话题,我是谁,我来自哪里,我要到哪里去,人类都会有意或无意地去确定自己的身份,当然这种确定既是一种肯定也是一种悖论。今天的社会,不是我们彝族人过去的氏族部落时代,同样也不是古希腊吟诵《伊利亚特》《奥德赛》史诗的时代,今天是一个一早上还在北京吃早餐,然后坐着飞机晚上就能到巴黎吃另一个早餐的时代,今天同样是一个人类分工最多样也最精细的时代,正因为这些变化,一个人的社会身份也会是多种多样的。你是一个称职的医生,就不能成为一个很好的诗人吗?我想未必,捷克诗人霍卢普就是一位杰出的神经科医生,同样也是一位杰出的诗人,这样的事例很多,无需一一列举。我对我的身份认同,也是这样,我的诗歌和我的社会角色其实已经做出了回答。

问:每个人都有自己的审美观,在您看来一首好诗的标准是什么?

答:我不是一个纯粹的理论家,我是一个诗人,我认为一首好诗没有太复杂的所谓标准,那就是它的表达方式一定是诗的,而最终它必须打动你,进入你幽深、封闭的灵魂。任何形式的探索和语言的实验,都不是最终的目的,当形式和语言,让生命、火焰、悲伤、绝望、死亡、憧憬、疼痛、挚爱呈现出人性的光辉和黑暗,一首好诗就诞生了。

问:您是从我们四川成都走出去的诗人。能谈谈成都给您的印象吗?这座城市是否给你留下过什么难忘的回忆呢!

答:我在成都生活过多年,这是我经常向外地的朋友,特别是外国朋友谈到的一座城市,我经常把成都和巴黎进行比较,我认为这两个城市都有着悠久的文化和历史,同样这两个城市也都具有包容、滋生、创造、嫁接各种外来文化的能力,成都不仅仅是在中国,就是在世界上,都是一个最适合作家、诗人、艺术家生活的地方,它的活力、丰富、慵懒、精细、柔和、随意都是任何一个别的大都市无法比拟的,我这样讲并不是一个褊狭的看法,许多经我推荐去过成都的人,后来见到我都同意我的看法,有的人还因此在成都买了房。成都给我留下许多难忘的记忆,让我记忆尤深的是,我在读大学的四年间,在南郊公园附近的茶馆里,度过的那一段又一段喝着盖碗茶读着书的美好的下午时光,现在想起来这一切仿佛就在昨天,谢谢你又让我想起了成都,它是多么的美好啊!

问:当今诗歌活动、诗歌奖越来越多,惹来的争议也越来越大,您也曾一手策划、创办了一些诗歌节,您觉得这些大大小小的诗歌活动、诗歌奖意义何在?又怎样才能办好一场诗歌活动、办好一个诗歌奖?

答:现在诗歌活动和诗歌奖越来越多,并不是一件坏事,这说明我们这个社会越来越健康了,有更多的人开始追求更高级的精神生活,渴望获得更有价值的精神食粮,当然,任何事物都有它的两面性,它需要组织者更好地去组织,让这些诗歌活动具有更广泛的群众性,让诗歌真正能回到公众的生活中去,另一方面,也要进一步提高诗歌活动的水平,使不同的诗歌评奖更具有公信力,举办任何一个诗歌活动和诗歌评奖,不应该有别的目的,它的目的只有一个,就是更好地推动诗歌的繁荣和发展,鼓励诗人写出更好的作品。我策划实施的“青海湖国际诗歌节”已经成功举办了五届,它已是被外界公认的世界七大国际诗歌节之一,明年将举办第六届,这个诗歌节设立的“金藏羚羊国际诗歌奖”也已经颁发了四届,今后还将继续颁发下去,此前的获奖者都是当今世界最为杰出的诗人。我有一个体会,要办好诗歌节和评好诗歌奖,最重要的就是要有公心,诗歌活动和诗歌奖的举办一定要纯粹,因为诗歌在任何时候都不应该被不良的利益所玷污和利用。

问:如今成都举办首届国际音乐诗歌季活动,你觉得意义何在?

答:在成都举办首届国际音乐诗歌季活动,当然是一件非常好的事,我想其意义不用我在这里赘述,大家都非常清楚,最重要的是,我希望这个诗歌音乐季能成为一个品牌,一年又一年地办下去,使它不仅成为宣传成都的一个窗口,更是一个让中外诗人由衷赞誉的文化品牌。法国的一个小镇戛纳,从不间断地举办艺术电影节，现在早已中外驰名，像成都这样的文化古城，应该有自己独有的文化品牌，关键是要坚持下去。我记得过去成都有一个有关美术绘画的“成都双年展”，不知道现在是不是还在举办，上海的双年展创办时间要比成都晚，直到今天还在举办。世界上许多重要的诗歌节、音乐节、美术展等等，有一个最大的特点，都是老字号，一干就是几十年，甚至上百年，不因人事的变动而变化，不断地注入新的内涵，不断进行内容和形式上的创新，使之承前启后、熠熠生辉，为世人所瞩目。

问：诗歌和音乐在中国古代是不分家的，但后来渐渐独立发展成各自独立的文学艺术门类。有趣的是，今年成都市举办了首届国际诗歌音乐季活动，而后瑞典文学院又将今年的诺贝尔文学奖颁给了美国民谣歌手鲍勃·迪伦。能谈谈您对诗歌与音乐之间的关系的理解吗？

答：举办国际诗歌音乐季这个创意很好，音乐和诗歌从某种意义上说就是密不可分的，无论是在中国《诗经》的时代，还是在古希腊史诗吟诵的时代，诗歌和音乐就是一对孪生姐妹，在今天搞诗歌和音乐相融合的活动，更有利于诗歌的传播，同时也能更好地提升音乐本身的品质。今年诺贝尔文学奖颁给美国诗人、音乐人鲍勃·迪伦，其实是一个不错的选择，我在很多年前就认为鲍勃·迪伦那些作品，既是很好的诗，也是很好的歌，他的作品具有很强的思想性，同时也表达了对时代和生活的诉求，他的诗和歌谣，不是沙龙和象牙之塔的产物，具有很强的社会性，他是上个世纪追求个性解放和反战的符号性人物之一。我一直认为，现代诗不能离更广泛的社会生活太远，也不能离人类的心灵太远，否则它就失去了存在的价值。诺贝尔文学奖仅仅是一个文学奖项，它不会给诗歌本身带来更大的变化，至于鲍勃·迪伦会不会接受这样一个奖项，那完全是他个人的选择，但是古老而又年轻的诗歌将会永远伴随着我们人类的生活。

问：《成都商报》近几年一直大力宣传诗歌，近两年，又创办了“诗歌集结号”，线上线下联动，策划组织了大量诗歌活动，希望让诗歌走向大众。您觉得“诗歌集结号”对诗歌发展有作用吗？另外，“诗歌集结号”未来的发展，可以做出什么样的改变或加入什么样的创新元素？恳请吉狄马加老师给一些意见！

答：成都商报组织的“诗歌集结号”很有意义，这是让诗歌走向大众、走进公众生活的一个举措，许多活动都具有鲜明的个性和特点，深受诗歌爱好者的欢迎，但做这种活动最重要的是要力戒浮躁，不能把它搞成一个热闹的群众化的运动，只有让诗歌自然地、亲切地、润物细无声地进入人们的心灵，这样的诗歌活动才算是成功的，我相信在大家的共同努力下，“诗歌集结号”通过线上线下的联动，一定会为诗歌在当下的传播提供新的经验和启示。

民族之根与世界之眼

——接受《芳草》杂志特约记者采访

采访者：湖北大学文学院教授、评论家周新民

周新民：马加先生您好！我关注您的诗歌创作已久，在阅读您数量众多的诗歌的过程中，萌发了些想法。今天想就有些问题和您一起探讨下。首先想请您介绍一下，哪些原因促使您走上了诗歌创作的道路。

吉狄马加：我走上诗歌创作道路，主要有这么几个原因。

一个原因是我深受彝族诗歌文化传统的影响。我们彝族是一个有着深厚的诗歌传统的民族，可以说，现在世界上像彝族这样有这么多史诗的民族是不多的，在彝族现存的史诗中，仅创世史诗就有十余部，如《勒俄特伊》《梅葛》《阿细的先基》等。彝族还有很多抒情长诗。彝族还有许多用诗歌的形式写成的哲学典籍，像《宇宙人文论》《宇宙生化论》等。实际上在彝族漫长的历史中，不论是哲学或是人文科学的著作，大多是用诗的方式来表达的，

像历史上很有名的《西南彝志》，就是彝族的很重要的历史典籍。彝族不管是表达自己的哲学思想，还是记录自己的日常生活，都习惯用诗歌的形式。因此，我们可以毫不夸张地说，彝族是一个诗歌的民族。另外，彝族的民歌也非常丰富。彝族的诗歌形式里，还有一种彝语说的“克智”。“克智”翻译成汉语就是指通过吟诵的方式来互相进行对答，它是一种对答的诗歌方式，主要是用在祭祀、婚礼、丧葬这样大型的集会活动中。民间婚丧等重要活动中，常由“德古”（彝语，即智者、充满智慧的人）用诗歌的方式来谈天说地、来说古论今。所以，我从童年到少年，都是在彝族浓厚的诗歌文化环境里耳濡目染。彝族与生俱来的诗性，深深影响了我。

第二个原因是我在不同阶段受到了不同诗人的影响。我小学和中学时代是在昭觉度过的，当时，昭觉还是凉山彝族自治州的首府，它位于凉山的一个湖心地带。那个时候“文革”快要结束了，还有好多文学书籍被封存，图书馆里的一些图书仍然借阅不了，所以那时候想要阅读到外来的文学作品，还是比较困难的。那时候我能读到一些诗歌作品，郭沫若的《女神》就是我最早读到的诗歌作品之一。教科书里面的李白、杜甫等诗人，他们的诗歌对我的影响都是间接的，但郭沫若的《女神》对我的影响是很大的。当时看了郭沫若的《女神》，就觉得这样狂放的、自由的、浪漫的诗歌，过去是没有见过的，所以读了非常激动。从那时候我就开始找五四时期的新诗来阅读，虽然我能找到的书比较有限。

真正让我对写诗产生一种冲动，是在我读了普希金的一本诗集以后，那本书是一个同学借给我看的，我知道这肯定是一本外国人的诗集，但不知道是谁写的，因为封面已经被撕掉了，书脊上的名字也很模糊。直到看到后记，才知道原来是俄国诗人普希金的诗歌，译者是戈宝权先生。我在读那本诗的时候，觉得非常震撼，因为普希金在诗歌里面对爱情、对生命、对自由、对自然的这种赞颂，点燃了我的心灵。那时候，我生活在一个少数民族地区，也很亲近大自然，所以普希金诗歌里的那种对大海、对自由、对生命、对纯洁爱情的歌颂，对一个少年的冲击，可以说是很大的。我觉得这个诗能写得如此之美妙，是很难想象的，就特别喜欢。因为这本诗集是同学借给我的，而那时候又没有复印机，所以我只好拿一个笔记本，花了一两天的时间，把那本诗集大部分给抄下来了。因为有这段经历，所以说普希金的诗对我的影响很大。很多人采访我时，我都说，这可能是最早给我带来写诗的灵感，让我生出成为一个诗人的愿望最大和最早的动力。我认为，是普希金点燃了我的诗歌梦想。虽然我们相隔万里，也生活在不同的时代，但他的诗歌跨越了时空，给我这样一个生活在遥远的、边远的、异域的、少数民族地区的少年，带来了诗和文学的启迪。所以，从接触普希金诗歌的那个时候。我就开始写诗。那时候，我的诗歌充满了激情。现在回过头来看，我那时候的诗歌，更多的是一些激情的、比较华丽的辞藻，那些文字也都很稚嫩的。但是，重要的是，从那个时候开始，我就有了写作的欲望，并且想通过文字来表达自己，书写自己内心的感受。我还记得那个时候，开始写一些比较诗性的抒情散文。高中的时候，我记得好像还写过一篇散文叫《当〈国际歌〉声响起来的时候》，这是老师临时布置的作业，当时拿起笔就写，写得非常有激情。语文老师看了这篇作文之后还问我，是否是我自己写的。我说肯定是我自己写的。于是，语文老师就叫学校的相关老师来测试……是普希金给我带来了文学梦，普希金的诗歌开启了我的文学梦。

1978年我上大学了，在西南民族学院（现为西南民族大学）中文系学习。那个时候就能阅读到很多新东西了，包括五四以来的一些很优秀的诗人的作品。除了郭沫若之外，还包括像穆旦啊、卞之琳啊、徐志摩啊、戴望舒啊、臧克家啊等等这样一批诗人的作品。那时候对我影响比较大的应该是艾青。艾青的作品，我很喜爱。在文学气质上，我也觉得我们有很多相同之处。所以，对艾青诗歌的热爱一直伴随我到现在。我觉得，艾青是中国现当代诗人里面对我写诗有着非常深刻的影响的一位诗人。后来，随着整个国家思想解放运动的兴起，在十一届三中全会之后，我们这些大学生，阅读面大大扩展。外国哲学、文化学、文学作品都是我们的阅读对象。

总体看来，我认为我个人走上文学道路的重要原因有两点：一是我们彝民族的本身就是一个充满了诗意的民族，我们所有的表达方式都和诗歌有关；另外一个原因就是像普希金这样的诗人在当时对我的影响，促使我后来就想通过诗歌这样一种方式来表达我对生命、对人生的看法。

周新民：彝族的文学给您提供了非常丰富的营养。您也曾说“我诗歌的源泉来自那里的每一间瓦板屋，来自彝人自古以来代代相传的口头文学，来自那里的每一支充满希望和忧郁的歌谣。我的诗歌所创造的那个世界，来自于我熟悉的那个文化。无论是在形式，还是在诗的内在节奏上，它都给了我许多不可缺少的基因和素质。”您能不能具体地展开谈一谈，彝族的文学，是从哪些方面给您提供了营养？

吉狄马加：我举个例说，比如说彝族的史诗，像《勒俄特伊》。《勒俄特伊》记录了彝族的诞生，记录了彝族诞生的这种过程。另外，《勒俄特伊》还记录了彝族迁徙的历史过程。因为整个彝族在迁徙过程中经过了不同的地方，所以它也记录了当时所处的自然环境，包括当时他们的生活方式。这种记录完全是用诗的方式，它的比兴很多，最美妙的地方就是它并不让你感到很虚，虽然诗歌往往就容易让人感觉到它写得比较虚；《勒俄特伊》在记录整个迁徙过程和民族创始过程的时候，很详细。它非常具体地描述了一个民族迁徙的历史。从诗歌中你可以看到不同的地点、不同的人物，包括它还详细地描述了在民族迁徙的过程中彝族人遇到的困难，面临的挑战。

《勒俄特伊》提到了我们彝族的六个兄弟，在两千多年前，在云贵高原上的大小凉山，它是怎么迁徙的，特别是我们彝族到了凉山的古侯和曲涅这两支，他们在迁徙过程中发生的重大事件，都做了详细的记录。这些记录又是通过诗的方式来实现的，所以我们可以感受到它是便于记忆的，因为要不断地迁徙，所以要把自己民族的历史记下来，它就必须朗朗上口。但是，用诗的方式，就不可能面面俱到，所以在记录的时候，只能选最精华的部分，因此这个史诗，往往就是把最重要的人物、事件、自然环境等做详细记录。在我后来写诗的过程中，在诗歌中记录重大事件时，就受到这些彝族史诗表述方式的影响。

第二，我们彝族的诗歌，讲究递进，所以排比句很重要。它的排比句和汉族的有一些诗歌的排比句还不一样，它是不断地强化，这种强化也是要便于记忆。我写的现代诗里面，也经常出现这种排比句，递进的东西比较多，然后非常讲究诗歌的节奏而不是简单的韵脚。彝族的诗歌，它为了便于朗诵，它是很讲究节奏的，讲究内在的韵，这个对于我后来用汉语写新诗，实际上也是有影响的。

和其他用汉语写作的中国诗人相比，我吸收了彝族诗歌的表达形式。很多诗人和评论家说我的诗歌表达方式很独特，原因就在于我吸收了彝族诗歌的营养。受彝族抒情诗传统、彝族史诗传统的影响，我的诗歌有以下几个方面的特点：第一个特点就是排比句比较多，讲究内在的节奏，便于朗诵。第二个特点就是在写诗的时候，要把一些比较重要的事件详细记录下来。因此，我的诗歌有比较强的画面感。实际上，这个画面感是受彝族史诗的影响。我在记录重要事件时，不可能像散文那样进行记录，而是把最重要的事件、最重要的形象、最重要的象征，作为表现对象。第三个特点是，我写的抒情诗比较纯粹。有评论家觉得我的诗歌里好像有某种古典的东西，其实这种古典的东西不像欧洲十八世纪、十九世纪或者欧洲更早的十六世纪的诗歌，或者他们更早的十四行诗，而是受彝族的抒情传统的影响。第四个特点是，我写的那些长诗叙事性比较强，叙事手法受到了彝族诗歌表达方式的影响。我写叙事性很强的诗歌时，比如我的长诗《致马雅可夫斯基》，在叙事这方面我受了彝族诗歌的表达方式的影响。

我觉得彝族诗歌传统对我的影响是自然而然、潜移默化的。在阅读彝族传统史诗、传统抒情诗的时候，这种影响逐步进入到了我的血液之中。当我在表达的时候，特别是在用汉语来表达的时候，对诗歌的节奏和叙事方式，往往就会有自己独特的理解和表达。这也是我的诗歌和众多汉语诗歌相比有诸多独特性的重要原因。

周新民：您这样一讲，让我对您的诗歌有了更加清晰的认识。您的诗歌的确和中国汉民族的抒情诗有很大差别。您善用比兴的表达方式，这一特点是不是和彝族的传统文学有关系呢？

吉狄马加：对，彝族的诗歌喜欢用比兴的表达方式。因为彝族的语言特别丰富，现在已经找到的彝文的词差不多是四五万个。我们知道，《康熙字典》大概也就是收了四万五千字左右，所以说彝语本身是特别丰富。彝族的诗歌传统是喜欢用比兴的表达方式。彝族诗歌喜欢用比兴的方式，和彝族的人文历史，特别是和彝族所生存的自然环境有关系。彝族的诗歌不喜欢直接说，而是通过一种特殊的比兴来表达情感。比如说，彝族诗说一个姑娘很漂亮，它没有直接说你长得很漂亮。它说你站在那个高高的山顶，你的影子会投在我的怀中；它形容一个姑娘很漂亮，就说她的脖子就像绵羊的，因为有一种绵羊的脖子很长，所以这个绵羊的脖子在旋转的时候特别漂亮，它以此来形容女性的脖子细长；

还有，它说一个女子漂亮，会说：你的呼吸，有蜂蜜的气息，说那个女的美，不光是面容的美，就连她的呼吸，来自她的脏腑的东西，都有蜂蜜的气息，它的形容很多很巧；它形容一个女子很庄重很漂亮，会用一条河流来作比，说她就像流到很宽阔的原野上的那样的河水，波澜不惊的，很平稳地流，用来形容女子的高贵、深沉，这种比喻的方式，很含蓄。

周新民：一些少数民族诗人的诗歌创作停留在风貌地物、民俗风情层面，因为，风貌地物、民俗风情是一个民族的重要标识。而您的诗歌创作也关注本民族，但是，您的诗歌毫无疑问是超越了本民族的外在风貌地物、民族风情的，而更多关注彝族的精神与灵魂。《史诗和人》《一支迁徙的部落》等诗歌融入了您对彝族这个民族精神的深刻理解。我想知道，是什么原因促使您选择了与众不同的写作路径，聚焦本民族的精神？

吉狄马加：我开始写诗的时候赶上了一个很好的时代。随着中国改革开放，我们的阅读面随之扩大。我阅读了国外许多诗人的诗歌。尤其是黑人诗人的诗歌创作，引起了我的思考。

很长一段时间以来，有许多黑人写的作品只是从表面来展现黑人的文化，缺少对黑人深层次的文化和心理结构的表达。当时的一些诗歌，虽然也写了黑人在美国和其他国家所经历的苦难，也只是停留在外在历史事件的书写，没有深入到黑人的文化与精神深处。一直到了上个世纪五十年代到六十年代，哈莱姆的文艺复兴发生了。哈莱姆的文艺复兴代表了整个黑人世界真正意义上的文化觉醒。这个时期，尤其像兰斯顿·休斯等诗人，他们的诗歌就比较能表达黑人内在的精神。而在美学技巧等方面，他们又接受现代诗的影响。因此，兰斯顿·休斯等诗人的作品，既继承了黑人的诗歌传统，又吸收了很多现代诗歌的写作方式，达到了很高的一个高度。我认为，在上一个世纪五六十年代的美国，兰斯顿·休斯的作品是能和像弗罗斯特、艾略特、史蒂文斯等诗人相媲美的，毫不逊色。

还有许多非洲诗人，像塞内加尔的总统桑戈尔、法国法属殖民地马提尼克的埃梅·塞泽尔等，埃梅·塞泽尔和桑戈尔在上个世纪五六十年代开始提出"黑人性"，形成了影响全世界黑人的很重要的一个文化运动。这股文化思潮也引起了我的思考，如何表达民族的文化与精神？诗歌创作如何深入到民族文化心理的深层之中？

我们那个时候还能阅读到智利诗人巴勃罗·聂鲁达，西班牙诗人洛尔迦等等。聂鲁达的创作引起了我的思考。聂鲁达生活在智利，但是，惠特曼的诗对他的影响很大，还有法国的一些超现实主义的诗人，一些象征派的诗人对他有很大影响。我在思考，为什么这些诗人能写出很重要的作品？他们为什么能在世界诗歌史上占有很重要的位置？我认为，他们在处理自身的写作和他的那片土地，和自身的文化传统，和整个世界诗歌发展的关系的时候，这些诗人最大的特点都是能立足本土，他们对自己本土文化的思考，是站在一个更高的高度的。因此，他们的作品往往有很强的民族性、地域性，但是又有很强的世界性，具有一种人类意识。

在八十年代年轻的民族诗人里面，我算是很早开始思考怎么更好地表达自己的民族精神，怎么更好地分析和研究外来诗歌，特别是一些现代诗歌、先锋诗歌，然后再回到彝族的文化本土的。这不是简单的回归，而是站在一个更高的高度和文化视野，来重新审视和反思自己民族的文化和历史。所以在写作时，往往是依托自己的民族，我力求这些作品既能表达我们彝民族的民族精神，也能跨越国界、跨越民族、跨越宗教信仰，可以说这些作品是具有人类意识的。在写这些作品时，我往往在艺术形式上力求将外来的诗歌与彝族的诗歌传统更好地融合在一起。我的第一本诗集，就是获得全国第三届新诗集奖的那本诗集，实际上就是既受到彝族的传统诗歌的影响，同时也吸收了五四以来的优秀的中国新诗的营养，尤其是汉语新诗的营养，还受到外来翻译诗歌的影响。具体说来，像巴勃罗・聂鲁达、费德里科・洛尔迦、惠特曼、兰斯顿・休斯、桑戈尔、埃梅・塞泽尔等等这些诗人，对我的影响很大。包括一些俄罗斯诗人，除了我最喜欢阅读的普希金、莱蒙托夫，还有后来翻译的叶赛宁等，还有德国诗人海涅，英国诗人雪莱，都对我产生了深远的影响。随着阅读视野的扩大，后来的意象派、象征派，包括一些未来主义诗歌、超现实主义诗歌，都对我很有影响。

周新民：《古老的土地》是您的代表作之一。在这首诗里，你以现代意识，从世界看凉山和彝族，又从凉山看世界，从彝族看人类。您曾说："我写诗，是因为对人类的理解，不是一句空洞无物的话，它需要我们去拥抱和爱。对人的命运的关注，哪怕是对一个小小的部落作深刻的理解，它也是会有人类性。”(《一种声音》)我认为，您善于在不同的民族文化的比较中，去探寻不同民族之间的文化特性。

吉狄马加：任何一个诗人，他都不可能没有他的历史，我们不是简单的文化决定论者，实际上，诗人生长在什么地方，他赖以成长的历史和文化，对他的影响都是很大的。我觉得很重要的一点是，诗人能不能站在一个很高的角度来重新审视自己民族的文化，这和一个诗人本身的文化眼界和文化眼光有很大的关系。一个真正的好的诗人，他首先应该是用人类文明的一切成果来武装自己，提升自己的思想境界和艺术境界，他需要综合性的修养，而这些是必须通过阅读和思考而获得的。在这一点上，我觉得和许多前辈诗人比，我们有一个优势就是，在这近半个世纪，地球上虽然有许多区域性的战争，但总的说，二战之后，世界发展的主潮还是和平，所以在这样一个大的环境里面，我们有机会来吸收和学习世界上最好的文学成果，我觉得这个学习是很重要的。

再就是比较你自身的民族文化，如果没有进行比较，没有坐标，你对整个世界文学发展的认识是不够的，你也不知道你写的作品在思想性和艺术性上，所达到的高度是怎样的，对我们每一个诗人作家来说，这种比较是非常重要的。

另外，每一个民族的独特的语言也好，文字也好，都具有不可替代性。很多人不太理解，我们少数民族诗人跨在两种语言之间，就像我们彝语言和汉语言之间，我们用汉语在写作，其实只是用汉语的这种表达，实际上我们是把少数民族自身语言中的独特思维包括我们对事物的看法，融入到我们整个写作里面去了，所以我们和很多汉族的一些诗人作家，虽然有相同的地方，但很多地方实际上是不一样的。

周新民：阅读您的诗歌时，我鲜明地感觉到您在不同民族文化差异性与共同性的坐标系中去观察彝族与世界。值得称道的是，您并非一味地强调不同民族之间的共同性，而是很注意不同民族之间的文化差异性，并小心呵护着这种文化差异性。

吉狄马加：你的文学坐标确立之后，再回过头来看你这个民族的生活的时候，你就会看得更清楚。比如说我们彝族过去是种姓制度，是在一个很封闭的社会状态下，有着自己很完整的一个社会体系，尤其是凉山的彝族，有自己的习惯法，在历史上有着自己形成的社会架构，有传统的哲学体系、伦理道德。因此我们和世界别的民族的文化比较起来，我们的思维方式和生活方式，是完全不一样的，作为一个诗人，我们必须把这种不一样植入作品中。我们彝族从上个世纪五十年代开始所经历的剧烈变革，也是别的民族没有的，恰恰是这种变革，让我们一方面要保留自己的传统，另一方面要经历二十世纪以来的工业化、后工业化、现代化的过程。而现代化是一个很复杂的过程，我们现在所经历的现代化，让我们的社会结构不断改变，我们在多种文化和文明冲突中，也产生了意识变革。某种意义上来说，诗人是这个民族变革时代的晴雨表，你的灵魂和心灵会感知到很多别的诗人可能没有经历过的东西，这对诗人来说，不一定是坏事。你见证了你的民族在整个现代化过程中所经历的欢乐、痛苦，这种剧烈的历史变革带来的震动,也是别的民族很难经历的。在这样一个过程中,把你的民族,不是放在一个简单的封闭地域进行比较,而是把它放在整个世界中比较,放在二十世纪的民族历史发展中比较,坐标体系是不一样的。而且你认识的角度也不一样,你可以看到,在民族发展过程中哪些是光明的、进步的,哪些是需要保留的,你就会看到你的民族的传统、历史、哲学思想、文学艺术等,你都可能重新认识,你能看懂它的价值。

例如,为什么过去我们认为没有价值的东西,现在你可以看到它的价值,像过去很长时间全世界对生物的多样性都能形成一种共识。任何一个生物在这个地球上消失都是这个地球上所有的生命共同的一个梦魇;而文化多样性,对人类未来的发展而言,其重要程度不亚于生物多样性。对诗人来说,就是要在不断比较的过程中,去看到哪一些东西是需要我们更好的去继承、去传承的。我们可以看到一些问题,二十世纪以来,人类工业的发展,资本对人类的控制,技术逻辑对人的精神生活空间的挤压等等,都超过了历史上的任何时候。但是恰恰是这种阵痛和嬗变,可以促使我们去思考人和自然的关系、人和社会的关系,思考战争与和平,思考一些人类的终极的东西,比如说生命、死亡等等,这会让我站在更高的角度去思考,而不是仅仅停留在对生活一般性的、模拟性的写作。

周新民:我通过阅读您的创作谈和您的诗歌而意识到,您发掘彝族的精神世界,其目的并非是简单地描摹,而是以世界的眼光来理解彝族。而这一点无论是对于一个少数民族诗人来说,还是对于一个中国人来说，都是不容易的。我们换个角度，从民族的眼光看世界的话，彝族这个民族的文化，您觉得有哪些东西给我们当今的世界提供了不可或缺的营养或补充？

吉狄马加：彝族这个民族，非常的奇特，也非常的古老。

首先从文字来说，现在可考的文字历史，有的说是三千年，有的说是四千年，有人说五千年，有人说八千年，甚至有人说一万年。但现在可以肯定的是，汉文和彝文是中国这片土地上最古老的原生文字。很多文字基本上是受外来文字的影响，是衍生文字。

现在我们能看到的彝族的古代典籍，像《西南彝志》《勒俄特依》《宇宙生化论》《宇宙人文论》等等，这些讲的就是整个地球的形成过程，生命的形成过程，都是很唯物的，在彝族的很多古代哲学著作里面就有这样的记载。说句实在话，中华文化来源中，彝族可以说是一个重要的源头，有大量的实证可以看到，包括三星堆这种文化奇迹，都被认为和早期的彝人有着密切的关系。

彝族人在很早的时候就以唯物和辩证的观点来谈生命的起源、地球的起源。彝族不说是上帝创造了人类、地球、宇宙，而认为地球在最早的形成过程中，清气往上升，浊气往下沉，从而形成了地球和宇宙。彝族从唯物论的角度来讨论生命产生的关系，并且从清气和浊气的角度来论述阴阳、公母的辩证关系。这种哲学观，如今看起来也符合现代科学的解释。

另外，彝族人认为人类的祖先是从雪里面来的，所以彝族人认为自己是雪族十二支，就是雪的灵族。雪族十二支中，有六种是动物，包括蛙类、蛇、鹰、猴子、熊、人，另外还有六种是植物。这六种动物和六种植物都是同源的，都是亲兄弟。彝族完全是从物质角度谈生命。现在国外有很多人研究《宇宙人文论》。我觉得彝族对人类最大的贡献，就是很早就从唯物和辩证的角度解释了地球的产生、生命的产生、宇宙的产生。这是非常了不起的。

还有一个就是彝族有自己的历法。一个民族取得很高的文明的标志，一个是文字，另一个就是历法。彝族在古代最早使用的历法是十月太阳历，现在在彝族的典籍里面仍能找到。有些学者认为彝族不可能有太阳历。但事实就是，在彝族的《宇宙人文论》里面，专门有关于太阳历的记载。太阳历认为一年是十个月，一个月是三十六天，那么一年就是三百六十天，还有五天是过年日，它比我们现在用的这个公历要更准确。玛雅人的太阳历是十八月太阳历，这可以说代表了美洲文明的一个成就，而彝族的十月太阳历，我认为是代表东方文明很重要的一个成就。

彝族最早的戏剧《撮泰吉》也是对中华民族文化做出了巨大的贡献。《撮泰吉》现在还有，它是所谓“傩戏”，就是带着面具跳舞，演人是怎么从猴变成人的。当年曲六艺先生和曹禺认为，彝族的“撮泰吉”把中国戏剧史往前推了五百年，这也是很了不起的。

彝族是很古老的一个民族，不可思议的是，它虽然古老，但他的文字史并没有中断过。从最古老的彝文到现在的彝文，文字的字形等方面的变化并不大，并且现在还在用。古彝文的文字造型，从以前发展到现在，它的稳定性是很高的，并没有多大变化。

这说明彝文字的记录，还是很先进的。

周新民：您的诗歌在处理民族性和世界性的问题上做得很好，能回顾一下您在处理民族性与世界性的关系上所采取的方式么？

吉狄马加：我觉得每一个人的写作，都是不一样的。比如我最早写作的时候，可能和自己的文化眼光有关系，我会直接写我民族的生活、历史、风俗这方面的东西。但是，那个时候我就已经力求要写这样一些作品，它一定不是狭隘的，它能表达你的民族精神，但这个民族精神不是排他的，而是有人类性的。所以，我觉得表达对土地、民族、文化的热爱，可能是任何一个诗人的一生都要秉持的，一个诗人不可能不热爱养育他的文化，养育他的土地和人民，这是诗人的天性，而真正伟大的诗人，他一生都不可能遗弃这些东西。

但是，很重要的一点就是，我们在表达这种民族精神的时候，需要对我们的生活和民族精神进行选择和过滤。我们所表达的民族精神，从某种意义上来说，是表现这个民族向往光明、渴望进步。例如对太阳、对火的赞颂，实际上是表达了人类对迈向明天和未来的一种希冀和希望，像艾青这样的诗人，他一生都在写太阳、写火把，他实际上就是一个歌颂光明的诗人。再比如我早期的诗歌，包括《自画像》《黑色的河流》，这些诗歌充分表达了一种身份认同，是我作为一个彝族人，对我的民族的文化、历史、传统的一个高度的身份认同和精神认同，我为它感到骄傲。这是对我的民族的一种理性认识。认识我的民族的伟大、独特，这一点我觉得是很重要的。就像我们读普希金的诗歌，普希金有很多诗歌表达了对自由的赞颂，对自然的热爱，对生命的敬畏。但是，普希金还有一些作品是对当时的沙皇进行鞭挞，对当时黑暗的社会制度，特别是农奴制度的控诉，同时，你也可以看到普希金对俄罗斯的文化、历史、土地、文字语言的热爱，这是来自于他骨髓里面的东西。

我对彝族的文化、历史、土地、文字语言的热爱，是我诗歌写作一以贯之的主题。我早期的诗歌中，这一主题的表现是比较直接的。我比较直接地思考了本民族文化之中的精华与糟粕。后来，随着阅读的深入，随着我个人文化视野的拓展，尤其当我了解到别人的文化，并且和自己的文化进行比较之后，我站在另外一个角度再来看自己民族的文化时，就更要理性冷静，这时候再写东西，就不会简单化。

周新民：我想和您重点探讨下您的三部重要作品。首先，《我们的父亲——献给纳尔逊·曼德拉》和您以往的作品有点不一样了。

吉狄马加：从某种意义上来说，我实际上是在更深层次地写，我既是一个彝族诗人，但同时我也是这个世界上的一分子，这是我更理性的体会。诗人永远不可能离开你的文字，不可能离开你的语言，不可能离开你本身的文化生活对你的影响。但是，在今天面对这样一个世界的时候，我们已经是一个整体，我们要思考的不仅仅是自己民族的命运，还要思考人类的命运。另外，除了关注自己的民族，整个人类也已经进入了我们的视野，这既是一个彝族诗人，也是一个中国诗人，同时也是一个世界诗人对本民族、对人类、对生活的这样一种关注。这可能与每一个人的经历也有关，像我，已经去了五六十个国家，跑了很多地方，参加过许多重要的国际文化活动，也结交了很多非常重要的诗人、作家，所以现在世界上出现任何一个问题，都可以进入我的诗歌写作的范围。《我们的父亲——献给纳尔逊·曼德拉》是我在曼德拉过世一个星期后写的，毫无疑问，曼德拉是二十世纪一切被压迫被奴役民族的符号性人物之一，他是人类追求自由公平正义的一位勇士，他的存在和意义，不仅对南非黑人，就是对全世界一切追求自由公平正义的民族其作用都是巨大的。他具有强大的人格力量，是二十世纪为数不多的能够得到各种政治力量认可的划时代人物。这首诗发表之后产生了较为广泛的影响，特别是在人民大会堂由青海卫视举办的跨年音乐会上经过朗诵艺术家的朗诵，被传播得很远，南非驻华大使和文化参赞听完朗诵后热泪盈眶，晚会结束后多次向我表达感激之情。

周新民：《我，雪豹……——献给乔治·夏勒》这首长诗是您的重要作品。首先从这首诗歌的题目谈起吧。我知道，乔治·夏勒是一名动物学家、自然保护主义者和作家。您在这首诗歌中想表达什么样的情感？

吉狄马加：这首诗它最重要的一点就是要表达，世界上所有的生命都是平等的，不仅仅是人类的生命是平等的，而是所有的植物和动物的生命都是平等的。尤其是二十世纪以来，人类的工业化和后工业化对自然带来的破坏是非常严重的。另外，像两次世界大战，人类不光对自身犯下了许多不可饶恕的罪行，同时对别的动物也犯下了许多不可饶恕的罪行。因此，这首诗主要是表达我们对生命的尊重。这是很重要的主题。

雪豹作为濒危的一种动物，他们的生存环境越来越恶劣，他们的生存空间被挤压得越来越小。我写《我，雪豹……——献给乔治·夏勒》这首诗就是要表达，在这个地球上，所有植物的生命、所有动物的生命都是平等的。在这个地球上，任何一个民族，任何一种语言、文字都有它存在的价值，任何一个动物，你都不能剥夺它在这个地球上生存的权利。

周新民：我想了解下，在彝族文化里，是否有人和自然是平等的观点？

吉狄马加：有。我们不光是平等的，彝族认为我们都是雪族十二支，雪族十二支都是兄弟，都是从雪山上下来的，六种植物和六种动物，再衍化成地球上其他的植物和动物，从这个意义上讲，人和动物植物是有血缘关系的，所以那当然是平等的。

周新民：虽然中国有悠久的诗歌传统，但是，长诗不多见，好的长诗更是少见。《我，雪豹……——献给乔治·夏勒》被认为是现代汉语诗歌最优秀的长诗之一。您在写作这首长诗时，在艺术上有哪些突破？

吉狄马加：我觉得写长诗面临三个最难的问题。第一个是它的结构。很多人写长诗，哪怕他写几百行几千行，但给人的感觉是由若干首短诗连在一起的，不具备长诗的体式规范。我觉得结构能力对于一个诗人和作品来说十分重要。我写《我，雪豹……——献给乔治·夏勒》这首长诗时，花了一年多时间构思，主要想这个长诗的结构怎么把握。我发现，像艾略特的《四个四重奏》《荒原》等优秀的长诗都有好的结构。再比如希腊诗人埃利蒂斯写长诗也非常重视其结构。

长诗的内容也是要解决的难题。不管你的诗有多长，它所要表达的思想应该是有一个中心的。我觉得这些对一个创作长诗的诗人来说，是有很高的要求的，就像修一座房子，你必须要有房子的框架，写长诗也是这样，你不能信马由缰，想到哪儿写到哪儿，那肯定是不行的。

最后，长诗最忌讳的是没有层次。长诗不可能一开始就在一个高潮的阶段，一首长诗就像一部结构很严密的、有复调的交响乐，有它舒缓的地方，也有高潮的地方。

周新民：能详细讲一下您对这首长诗结构上的安排吗？

吉狄马加：这首长诗，第一个是要表达雪豹在人迹罕至的地方的生存状态，第二个需要表达的是雪豹和自然、生命的关系，第三个主要是写雪豹和人类的关系，它的生存空间是如何遭到挤压的，它们不断地遭到人类的屠杀，它对这种追击的反应，而这种反应更多的是用拟人化的手法来写。最后一个主要是要表现雪豹在这个大千世界中，作为一个生命存在在这个地球上，它的生存权利是不可剥夺的。

周新民：马雅可夫斯基是苏联的著名诗人。这样一位伟大的诗人去世后，逐渐被人遗忘。您为何要写《致马雅可夫斯基》这样一首长诗？

吉狄马加：马雅可夫斯基的创作活跃期，主要是在上个世纪初，他是当时未来主义诗歌的一个代表人物，他就出现在旧俄进入苏维埃的时代，无论是就诗歌形式还是语言，或就诗歌表现的内容来看，他都是一个反叛的形象，他应该是上一个世纪初的俄罗斯的先锋诗人，可以说是最伟大的诗人之一，也可以说是一个旗帜性的人。当初未来主义运动兴起在意大利，后来到了俄罗斯，出现了很多绘画和诗歌方面的未来主义者，他们当时举起了反叛传统的大旗，马雅可夫斯基就是其中之一。他很早在写《穿裤子的云》的时候，就在里面写到了要打倒你们的制度，打倒你们的爱情，打倒你们的艺术，所以他具有一种反叛形象。并且他的诗有很强的预言性，实际上马雅可夫斯基很早就写到了一支红色的队伍会穿行在克林姆林宫，他这句话就预言了 1917 年的十月革命，这是很神奇的。

很多人对马雅可夫斯基是误读，就是仅仅认为他后来好像是在进行意识形态写作，其实那完全是对马雅可夫斯基的一种误解，实际上马雅可夫斯基后来写的是《列宁》这样的长诗。有人说马雅可夫斯基一生充满了爱情，他在爱什么呢？他爱的一个是女人，一个就是革命。最重要的是马雅可夫斯基在那个年代预言了一个问题，就是那个时候人类的精神是极度空虚和堕落的。那个时候也是一个很复杂的社会变革时期。

写《致马雅可夫斯基》的缘由主要就是要回答这些问题，就是现在人类需要注入一种更强大的精神，人类是需要信仰的，否则整个人类就处于精神低下的时候，也是一个精神堕落的时候，所以马雅可夫斯基这样的精神是必然要复活的，马雅可夫斯基在上一个世纪预言了社会变革时代的命运，我们今天也需要一次精神革命。我实际上是借马雅可夫斯基之口，回答这个问题。

周新民：你最近获2016欧洲诗歌与艺术荷马奖，该奖项以伟大的古希腊诗人荷马的名字命名。颁奖者认为，你的诗富有文化内涵，事实上深深植根于彝族的传统。你的诗歌创作也提升了通灵祖先的毕摩祭司所把控的远古魔幻意识。你的诗歌艺术构成一片无形的精神空间，山民们与这一空间保持持久的互动，你的诗让人心灵净化，并构建起一个人类不懈追求纯真和自我实现的伟大时代……您能不能介绍一下这个奖的情况。

吉狄马加：这个奖前一届是颁给了一个东欧的诗人，这一届颁给我，它叫欧洲诗歌与艺术荷马奖，主要奖励这样一些诗人：他的作品既具有自己民族的文化意义，也必须要具有世界意义。他们给我这个奖，我觉得是对我的一个褒奖吧。

我这几十年写诗的过程中，既有对自身民族文化的一种讲述，包括他们谈到的毕摩的文化、彝族的古老历史，同时也把这样一种彝族的精神生存状态和彝族人的命运融入整个人类命运来讲，在二十世纪，这样一个古老民族的命运，他们所经历的欢乐、苦难，折射出二十世纪以来人类的命运。如果你表达的东西不是大家感兴趣的，我觉得他们也很难把这个奖颁给我。

周新民：您是一位具有国际影响的诗人，您的诗歌被翻译成了多种外语，您一直强调文化输出和对外文化交流。您认为中国诗歌走出去有哪些问题值得注意？

吉狄马加：中国文学和中国诗歌走出去，应该是一件水到渠成的事，在这里我们一方面要做好顶层设计，另外一个方面还要进行务实的中国文学对外翻译工作。应该说在这方面，过去已经积累了一些宝贵的经验，另外，在近年来的交流中，我们又打开了许多新的渠道，我以为最重要的是，这种交流必须与具体作品的翻译有机地结合起来，要使我们的重要作家、诗人的作品，能更准确更艺术地呈现在别的语言中，真正进入相关国家的主流领域，这里指的是他们主流的出版机构和主流文坛。

周新民：您创办了“青海湖国际诗歌节”，至今年已举办五届。青海湖国际诗歌节诞生了庄严的“青海湖诗歌宣言”，落成了世界海拔最高的“青海湖诗歌广场”，设立了青海湖国际诗歌节“金藏羚羊国际诗歌奖”。目前，青海湖国际诗歌节已在国内外享有极高的声誉，被国际诗坛列为当今世界最著名的诗歌节之一。您能谈谈创办“青海湖国际诗歌节”的初衷与影响么？

吉狄马加：这个话题我已经回答了无数次了，我不想在这个地方再去重复我过去说过的话，但是我可以告诉你，这个国际诗歌节的举办，已经彻底改变了中国诗歌交流在国际上的形象，这个国际诗歌节极大地宣传了中国作为一个诗歌大国的不凡气度，但是我要在这里强调，任何重要的文化品牌的打造它都是需要时间需要积累的，环法自行车赛已经举办一百多年了，马其顿国际诗歌节也有四五十年了，所以我们的国际诗歌节今后要能继续享誉世界，还需要为这个国家和民族文化真正负责任的人，继续将这个国际诗歌节坚持举办下去。这是我个人的心愿，我相信也是无数中国诗人和诗歌爱好者的心愿。

个体的呼唤、民族的声音与人类的意义

——关于吉狄马加诗歌创作的对话

对话人：上海《文学报》记者王雪瑛

一、民族的文化与抒情诗传统

王雪瑛：你曾经说过，十六岁时，你偶然得到一本普希金的诗集，他是你接触到的第一个外国诗人，他所表达的对自由、对爱情，对伟大的自然的赞颂，引起了你心灵的共鸣，自那一天起，你就立志当一名诗人。你一定记得自己发表的第一首诗歌吧？这首诗是？从那时到现在，你走出了一条漫长的诗歌之路，你创作诗歌的初心是什么？你常常会自我回望和审视吗？回首三十多年的创作历程，不同的阶段，写诗对于你来说意味着什么？你对诗意的理解有什么变化吗？

吉狄马加：是的，我看到的第一本诗集就是普希金的诗选，那时候我生活在大凉山，用现在的说法就是地处一个边缘地带，远离大城市和文化中心。那本普希金的诗集，是从同学手中借来阅读的，译者是戈宝权，阅读之后，的确给我带来深深的震撼，特别是诗歌的内容，它表达了一种深沉的人类对未来的希望，对自由平等的向往，对弱者和不幸的人们的同情，那种人道主义精神对我具有一种启蒙的意义，可以说，普希金的诗已经不折不扣地进入了我的心灵。是因为普希金我爱上了诗，同样也是因为普希金，我想成为一个诗人，这就是最初的想法。我从1978年开始写诗，但早期比较成形的诗作是在《星星》诗刊上发表的《太阳 我拾捡了一枚太阳》和组诗《童年的梦》等，从那个时候到现在差不多已有三十六年的时间了。

时间过得真快，不知不觉我的头发已经花白了。虽然已经经过了这样漫长的写作阶段，但写诗的初衷从未有过改变，那就是我想通过诗既能表达一个个体生命的独特感受，同时又能发出一个民族集体的声音，更重要的是我希望这一切都具有普遍的人类意义。

当然，作为诗人，在每一个写作时段，都有特别关注的内容和题材，诗的艺术形式也在不断变化中。我始终认为，诗歌所表达的诗意，无论在何种状态下，都不能离开人的心灵，否则就不是真正意义上的诗，用一句最通俗的话来说，诗歌就是从人的灵魂和心脏里发出的声音，十分遗憾的是，现在市面上的许多诗，都离人类的灵魂和心脏太远。

王雪瑛：你的诗歌创作拓展了当代诗歌的疆域，是从大凉山的深处传来的声音，是从彝族文化血脉的深处涌现的清流，呈现在中国当代诗坛，在这颗蓝色的星球上的回响。2016 年 6 月，你获得了欧洲诗歌与艺术荷马奖。如果说你现在的诗歌创作是保持着当年开始诗歌创作时的初心，那么在对文学的理解，对诗歌的认识，以及诗歌形式和技巧的把握上一定有了变化和发展，请谈谈这些变化和发展。哪些诗作是你诗歌之路上的标志性作品，代表着你在诗意、诗域和诗歌形式上的拓展？你有没有经历过较长时间的停顿、沉淀、思索，然后厚积薄发，开始一个新的创作阶段？你如何看待自己的获奖？

吉狄马加：从本质意义上讲，任何一个真正的诗人，都有属于他诗歌的疆域，我也不例外。十分幸运的是，在今天这样一个同质化的世界上，我有一片属于我的精神疆域，拥有一个已经延续了数千年的伟大的文明，有一群至今还保留着古老文化传统的同胞。与许多诗人比较，这一切都是我的根本和财富，因为拥有这一切，才造就了我诗歌独特的精神和气质。在这个许多人认为无法再写传统意义上的抒情诗的时代，我依然承接了光荣的抒情诗的传统，这不是我比别人高明，而是我的民族古老的文化选择了我，是它让我一次又一次抵达了这个古老文化的源头。我无法想象，作为一个诗人，如果没有它的滋养，我是不是还会夜以继日地写下去。我不想在这里谈我具体的作品，尽管这样，我希望我的读者能关注我早期的一些诗作，同时也可了解一下我近几年的写作，特别是我的三首长诗《我，雪豹》《致马雅可夫斯基》和《不朽者》，这些诗除了内容不一样外，在形式上也有很大的变化。至于获奖，已经是过去时了，当然，获奖是对我的一次鼓舞和肯定。

王雪瑛:《不朽者》《我,雪豹》和《致马雅可夫斯基》这三首诗的内容和形式都不同,都给我留下了特别的阅读感受,《不朽者》中,简短凝练的诗行,打开了一个开放的意义空间,渗透出东方的智慧。《我,雪豹》中,丰富的意象,灵动有力地呈现着雪豹在天地间的形与神,以在行动中思索的生命形态,将雪豹内心的声音放大,唤醒人类去反省,如何保护地球的生态、生命共同的家园。《致马雅可夫斯基》生动地塑造了马雅可夫斯基在风云变幻的大时代激进派诗人的形象,艺术上的先锋、锐意创新与激进的社会变革理想,推动他站到了时代的巅峰,揭示了“革命和先锋的结合”的艺术特征,成为我们发掘马雅可夫斯基遗产的入口。

那些诗歌中,丰沛的诗意,通过意象和节奏如瀑布般在读者心中激起巨大的回响,让我感受到你注入诗歌中的思想的势能是多么强大。

从你开始诗歌创作至今,历经三十多个春秋,你的诗歌不仅影响着中国诗坛,也激起了世界的回响。欧洲诗歌与艺术荷马奖等许多诗歌的奖项是对你诗歌创作成就的肯定:你的诗歌艺术构成无形的精神空间,让读者与这一空间保持持久的互动,让人们心灵净化,不懈追求纯真和自我实现。你觉得你创作的诗歌已经达到了你理想中的高度吗?你已经找到了汉语诗韵的美妙旋律,在你的心里,是不是还有“一首未写的诗”在召唤你?

吉狄马加:我刚才说了,2016年度欧洲诗歌与艺术荷马奖颁发给我,是我的荣幸,更重要的是对我的一种鼓舞。有人说,诗人有两种情况,一种是在很年轻的时候就把一生最重要的作品都写出来了，后来的作品再没有超过已经达到的高度，这在诗歌史上还不是少数，当然有的是因为英年早逝；另一种诗人，就是一生都在坚持写诗，甚至到了耄耋之年也能写出十分动人的作品，德国诗人歌德就是这样的诗人，我以为后者更不容易，也更为艰难。二十世纪意大利伟大诗人蒙塔莱，智利伟大诗人聂鲁达，捷克伟大诗人霍朗以及赛弗尔特等等，都在他们的晚年写出了令人赞叹的、十分玄妙而又耐人寻味的诗篇。我力争成为后面这样的诗人，我相信我还会写出一些自己满意，读者和朋友们也满意的作品，当然我会十分努力。

王雪瑛：从《我，雪豹》《致马雅可夫斯基》和《不朽者》中，我分明感到了你超越自己的力量。

在《寻找费德里科·加西亚·洛尔加》一诗中，你写道："他不是因为想成为诗人才来到这个世界上，而是因为通过语言和声音的通灵，他才成为了一个真正的诗歌的酋长。"这是你对诗歌的音乐性的理解和强调吗？

吉狄马加：可以这样说，这首诗表达了我的诗歌态度和立场，因为洛尔迦毫无疑问是二十世纪最伟大的诗人之一，他不仅仅是西班牙语系中的伟大诗人，他也是二十世纪全世界最重要的诗人之一，他的诗就如同西班牙塞尔利亚的弗朗门戈舞蹈和谣曲，就如同吉普赛人火焰一般的喊唱，就如同斗牛士刺向牛颈的长矛，他的诗才是真正的语言的宝石，没有任何矫饰和伪装，能直抵人的心房，他的诗是词语和意象熔铸而成的匕首，这把匕首能在瞬间，像闪电一样击中目标。这样的诗人已经好长时间没有出现了，但我相信一定会出现。毫无疑问，洛尔迦是我们每一个看重灵魂的诗人的榜样。《寻找费德里科·加西亚·洛尔迦》是我献给他的致敬之诗。

二、内容和形式是诗人一生的探索

王雪瑛：你的诗歌有一个明显的特点，有很强的节奏感和音乐感，生动鲜活自然流畅的语言，适合朗诵也易于传唱，具有回旋的歌咏性，比如《彝人之歌》等，但同时你的诗歌在形式上无论篇幅长与短，在题材上无论涉及自我与个体还是自然与文化，都非常注重思想性，始终以思想性保持着诗歌的深度和张力，你同意我的评价吗？请说说你对诗歌创作中的思想性的看法。

吉狄马加：谢谢你的理解，完全同意你对我的诗的评价。正如你说的那样，我一直强调诗歌语言的音乐性以及它内在的节奏。我们彝族人的传统诗歌特别是史诗，就有很强的音乐性，因为它需要通过吟诵来传承，另外声音的感染力是不可小视的，在这方面实际上我是受到了彝族古典诗歌和民谣的影响，获得本年度诺贝尔文学奖的美国诗人、音乐人鲍勃·迪伦其实就是一个歌谣诗人，我以为诺贝尔文学奖颁发给这样的人，当然是一个不错的选择。现在许多诗人只注重文本和语言的实验，但是却遗忘了灵魂，我不是说文本和语言的实验不重要，而是要说一旦离开了灵魂和精神，诗歌就失去了它存在的全部价值和根基。

王雪瑛：是呀，从灵魂中涌现的诗歌，就是有一种唤醒灵魂的力量。大诗人阿多尼斯说："你的形式就是你的意义。"这是他对诗歌形式感的极致强调，请谈谈你对诗歌形式感的理解，对于诗人来说，诗歌创作的长途，离不开对形式感的探索与创新，这也是诗人的天赋和诗歌的生命力的显现，你认为呢？你在创作中对形式感的把握、理解和突破，对诗歌形式感的探索是不是贯穿着诗歌创作的整个过程？

对于诗人来说，思想性与诗歌形式的完美融合是诗艺成熟，是诗歌魅力的体现？

吉狄马加：任何时候诗歌都离不开形式，可以肯定，任何一个诗人都会在一生的写作中不断地探索内容和形式的关系，不断地提供一个更好的形式来承载它所要表达的内容，我的朋友阿多尼斯曾经为我的阿语版诗集写过一篇序言，在这篇序言中他说过这样一段话："我认识吉狄马加其人。现在我知道，他本人和他的诗歌之间存在某种一致性，正如空气和天空、源泉和溪流之间存在一致性一样。他诗歌的空间，是人，及与人相关的一切，其中有独特的个性，也有普遍的人性：期待，思念，欢乐，痛苦。在他的诗中，自然在闪亮，并摇曳于存在的初始和当下之间，还有那些来自本源的情感和人的在场感。在这里，诗歌体现了一个原初的世界，一个存在之童年的世界，仿佛那是有着鲜明的地域和文化特色的人的童年。尽管如此，诗人所属的彝族，和广阔而多样的中国天地之间的诗意联系，是十分明显的。"我想阿多尼斯在这段话中想告诉我们的是，诗人的写作与这个世界必然会发生极为特殊的关系，当然形式和内容的呈现也被包含在了其中。

王：你的诗歌创作的源头是彝族文化的血脉，在你的诗歌中文化与传统不是抽象的，而是如同植物的清香，大河的奔流，血液的流动一样富有生命力。自我认同，自我审视，是你诗歌的重要主题，《分裂的自我》《这一天总会来临》让我感受到了你对自我的审视：灵魂与肉身、现代与传统，个体与整体。你在《分裂的自我》中写道："我注定要置于分裂的状态，我的一部分脸颊呈现太阳的颜色，苦荞麦的渴望——在那里自由地疯长，而我的另一部分脸颊，却被黑暗吞噬，消失在陌生城市的高楼之中……"让我感受到传统的文化以生命的形态经受着现代化的冲击，这是一种直面现实的自我体验和审视，意味着你对现代与传统的思考？

吉狄马加：实际上，不仅仅是我作为一个诗人，常常处在一种分裂的状态，这恐怕是所有现代人都面临的处境和境况，当然如果你已经麻木了，或者说，你本来就没有这样的意识和感觉，那就无法用这个定义来为你下这样的结论。我认为所有后现代的写作和艺术，都是因为人类面对未来的时候失去了方向感，而他们又无法再返回过去，正是这种现实才让他们去碎片化地解构今天的生活。我刚才说过这样的话，与当下的许多诗人艺术家相比，我将力图返回的精神故乡和现实的土地并没有全部消亡，所以从这个意义上而言，我是一个幸运儿，但是不可避免，我也同样处在一种分裂的状态中，我的一首短诗比较准确地写出了这样的心境："我要回去，但我回不去，正因为回不去，才要回去。"实际上，人类永远在回答一个老问题，那就是我们从哪里来，要到哪里去，同样，人类也在回答，我们能不能回去，要回到哪里去。

王：我们在路上，我们一边行走，一边寻找答案。你的诗歌修辞中具有神话的韵味，而你的诗歌叙述又有一种人类学描写的具体而丰富的细节，有的体现着现代诗歌的深刻、丰富与气势，有的又犹如彝人的歌谣般单纯和原始，既是日常的、质朴的、温暖的，又是传奇的、神性的、现代的；有着明亮的质地，温暖的力量，没有现代派和后现代诗人那样一种失去家园的焦虑和迷茫弥漫在诗句中，而痛苦、焦虑、孤独往往是现代派诗人基本的情感体验，成为他们诗歌写作重要的内在驱动力。你会选择什么样的关键词来描述和确认你诗歌的美学风格？你诗歌的美学风格有过变化吗？你觉得诗歌创作中什么是最重要的？什么是你一以贯之的追求？

吉狄马加：追求我诗歌中的质感和韵律，一直是我的一种美学追求，在这里我不想简单地说我的诗歌属于哪一类的诗歌，其实你已经作了非常好的概括。我想告诉你的是，在诗人这个大的家族中，基本上可以分成两类诗人，远的不用说，就拿十九世纪以来的美国诗人为例，我认为惠特曼、狄金森、弗罗斯特、毕肖普等应该算是一个类型，而爱伦坡、庞德、艾略特、史蒂文斯等应该算是另一个类型。需要说明的是，我在这里并没有把他们进行优劣之分，而是想说这是两种不同的诗歌传统，从我个人的角度来看，我更喜欢前一个类型的诗人。我从一开始写诗就希望我的写作能与我生活的土地、河流、村庄、森林、群山、天空以及这片土地上人的心灵发生最亲近的关系。不是一开始对于我们这样一个古老的民族我就是一个符号性的人物，但是真实地讲，从我拿着笔开始写第一首诗的时候，历史就选择我承担了这样的使命，我不知道这是不是宿命。

王雪瑛：这是一种强大的自我意识，是自我和民族之间真切的感应！听了你刚才的话，读了你更多的诗歌，对你的诗歌才有更完整，更深入的认识。你的诗歌的清越来自大凉山的深处，你的诗歌是彝族文化、生存状态和内心世界的现代呈现，你的诗歌创作与彝族文化血脉相连，同时你的诗歌创作又是个体，独立的自我，现代的自我对整体的突破，你书写的是真实的你，一面是彝族文化传统的记忆与滋养，一面是现代文明的冲击与挑战。你以汉语诗歌呈现了两种文化的融合，传统与现代的对话，由此丰富着你诗歌的文化内涵与生命意蕴，为中国当代诗坛提供了独特的有生命力的诗学意象和诗意美学。一个全球化的时代，对作为中国当代诗人的你构成挑战的是什么？

吉狄马加：这些问题上面已经涉及到了，不用我再一一细说，但有一个问题可以回答，就是在全球化的时代，我们诗人面对着怎么样的一种挑战。正如许多社会学家说的那样，全球化已经改变了一切，这一判断绝不是耸人听闻，据不完全统计，现在每一天都有植物在灭绝，人类的很多语言在消亡。这个世界的面孔变得越来越相像，许多古老的传统和非物质文化也难以为继，这个世界实际上是被一个隐形的权力资本所操纵。客观地讲，人类今天的发展解决了许多过去无法解决的问题，特别是在解决贫困、消除疾病、文化教育以及社会保障方面取得了可喜的成绩，但是同时，资源损耗、环境污染、宗教冲突、恐怖主义以及核战争的威胁等依然是我们面临的严峻问题。特别是在这样的时候，诗人不能缺席，更不能逃避这样的现实。我们的诗人和我们的诗歌，必须义无反顾地去见证这个时代，必须站在人类道德和良心的高地，去审视和书写当下的人类生活，我相信诗歌的存在，必将是人类通向明天的最合理、最人道的理由。

王雪瑛：你诗歌创作的根深植于彝族文化的土壤中，但却不是封闭的，你对他者的存在保持了一种热忱的敏感和诚挚的关心。例如《我，雪豹……》中那些让人过目难忘的诗句，“每一次死亡，都是生命的控诉”，“因为这个地球全部生命的延续，已经证实任何一种动物和植物的消亡，都是我们共同的灾难和梦魇”……

你从个人生命的体验出发，走向对他人的理解；从对本民族的文化和生存状态的理解出发，走向对世界上其他民族，特别是少数民族文化和生存状态的关切；你从个人命运切入而达到了对历史和人类命运的认识和理解，如《回望二十世纪——献给纳尔逊·曼德拉》所做到的那样。我想题材的丰富性，视野的广阔性，思考的深入性，是你自我突破的途径，也是你保持诗歌创作处于一种生长状态的重要因素？

吉狄马加：我是一个民族的诗人，是一个中国的诗人，当然同样也是一个与今天的世界发生着密切关系的诗人，立陶宛伟大诗人托马斯·温茨洛瓦为我写过一篇文章，文章的题目就叫《民族之子，世界公民》。你又说到了《我，雪豹……》这首长诗，我要告诉你一个消息，美国两次国家图书奖获得者，当代最重要的生态作家之一巴里·洛佩兹在今年4月15号在纽约获得终身成就奖时，他的致答辞就是全文朗诵了《我，雪豹……》，这当然是我的荣幸，同样也说明这首诗在不同的国家获得了共鸣，这就是诗歌的力量，也是超出了一切藩篱的生命的力量。同样也因为我写了献给曼德拉的诗篇《我们的父亲》，2014 年南非给我颁发了本年度的“姆基瓦人道主义奖”。在今天这样一个人类密不可分的时代，诗人不仅要关注周围人的命运，更要关注生活在这个地球不同角落的人的命运。为今天叙利亚难民的命运，我曾在一首诗中这样写道：“今天的流亡——并不是一次合谋的暴力/而是不同利益集团加害给无辜者的器皿/杯中盛满的只有绝望、痛哭、眼泪和鲜血/有公开的杀人狂，当然也有隐形的赌徒/被牺牲者——不是别人！/在叙利亚，指的就是没有被抽象过的/——活生生的千百万普通的人民/你看他们的眼神，那是怎样的一种眼神！/毫无疑问，它们是对这个世纪人类的控诉/被道义和良心指控的，当然不是三分之一/它包括指手画脚的极少数，沉默无语的大多数/就是那些无关痛痒的旁观者/我告诉你们，只要我们与受害者/生活在同一个时空——作为人！/我们就必须承担这份罪孽的某一个部分/那是一间老屋，与别人无关/然而，是的，的确，它的全身都布满了弹孔/就如同夜幕上死寂的星星……”。其实，你看完这首诗，你就会知道，我是一个面对重大事件必须也一定会发出声音的诗人。

王雪瑛：嗯，你选择义无反顾地见证这个时代。在《黑色的河流》中，你如此写道：“我了解大山里彝人古老的葬礼，在一条黑色的河流上，人性的眼睛闪着黄金的光。”一条彝人送葬的黑色的河流，在群山间缓缓流动，让读者的眼前出现了一幅凝聚着民族个性的民俗画卷，但你没有铺排民俗事态，诗句间有着死亡的肃穆，更有着生命绵延的力量，“我看见死去的人，像大山那样安详，在一千双手的爱抚下，听友情歌唱忧伤。”让我们看见一种现代意识对彝族文化的观照，对死亡的认识，对彝族文化人情美的发现。读你的诗句，不是没有痛苦，不是没有忧伤，不是没有矛盾，不是没有沉重，但是感受到诗中始终保持着一种思想的力量，诗歌的力量。你说过，“诗人表达宿命的意识并不证明他的悲观，也不是一种颓废，正如自觉到肉体必将消亡的人会更加珍惜生命热爱生活。这种自觉就是诗的出路。”诗歌是你理解文化、呈现思考的一种方式，也是你超越现实的一种力量吧？

吉狄马加：谈了这么多，我发现你对我的诗歌的认知和判断还是比较精准的，看样子你之前确实做了大量的功课。《黑色的河流》是我早期的作品，它被选入我的第一本诗集《初恋的歌》中，这本诗集十分幸运地荣获了全国第三届新诗诗集奖，也就是现在鲁迅文学奖诗歌奖的前身。对于许多人而言，他们把诗人看成是一个职业，但我却不这么认为，我从来就认为诗人就是一个社会角色。如果一个诗人靠写诗去维持生计，去卖钱，我无法想象他能写出什么好诗。在历史上，有过所谓的宫廷诗人，歌德就享受过宫廷诗人的待遇，但是在现代社会，诗人养活自己要靠别的手段，诗歌写作从来是更个人化、更孤独、更特立独行的一种行为，假如它失去了它本身的纯粹性，诗歌也就失去了它的价值和尊严。诗歌对于诗人而言，就是他们呈现思想和生活的一种方式，它当然要超越现实，它最终必须具备一种形而上的力量，但是无论怎样，它最基础的立足点还必须是现实。

王雪瑛：你曾经说过，诗歌是你的生命形式，有评论家说，你是一个诗歌的幸运儿。你同意吗？有诗人认为，对一个诗人而言，他最大的痛苦，不是身体的残疾，也不是衰老，而是失去了对语言的敏感能力。你的感觉呢？

吉狄马加：我无法理解"幸运儿"这个词本身的指向，因为我们都生活在这个时代，每一个人都有不同的命运，但是尽管这样，这个时代大的历史走向都会影响我们每一个人的生活，或许这也铸就了我们每一个人的命运。我常常是一个怀疑论者，但我对生活和时代始终怀抱着一种感恩，这是因为这个时代让我见证了许多不平凡的事件，让我经历了我的先人从未经历的生活。人的痛苦是多种多样的，但是作为一个诗人，如果有一天他真的失去了对语言的敏感能力，那当然是一件极为不幸的事，在这里我只能祈愿这个世界所有的诗人，在离开这个世界的前一天还保有创造力，当然我知道这仅仅是个愿望。

王雪瑛：紧张的工作节奏中，你常常会在晚上写作吗？还是随时利用空余时间写作？你写《我，雪豹……》《致马雅可夫斯基》和《不朽者》，这样的长诗要花多长时间，写完后，很多修改吗？

吉狄马加：我写作的时间大都是清晨和上午，很多时候是在黎明时起来写作，这个习惯同艾青先生相似，他生前曾告诉我，他的不少作品都是在清晨写的。我没有晚上写诗的习惯。在行政工作繁重的时候，我只能在双休日找空写诗。我的几首长诗就写作时而言都很短，最长的时间也超不过十天，《我，雪豹……》用了五天，《致马雅可夫斯基》用了十天，《不朽者》用了九天。但前期构思和准备的时间却比较长。每个人的写作习惯不同,这是很正常的事。

三、东方美学精神与世界诗歌交流

王雪瑛:对于从朦胧诗开始到现在、当代诗歌四十年的发展,您有着怎样的理解?你个人的诗歌创作之路与当代中国诗歌的发展有着怎样的联系?哪些诗人、哪些作品引发你对诗歌形式与内容的思索,对你的创作产生过重要的影响?

吉狄马加:这个问题我在别的地方已经回答过了,希望你谅解我不再重复这个话题,但是我想告诉你的是,我的诗歌写作从来都不是封闭和孤立的,可以说很长时间我都是这个写作群体的一员,对当代诗歌创作史我相信会有很多评论家会作出公正理性的评价,尤其是对近四十年诗歌的发展。可以说这近四十年的诗歌发展是与中国整体的对外开放联系在一起的,这近四十年的诗歌创作也是我们真正意义上融入世界的一段不平凡的历程。可以这样说,中国近四十年的诗歌创作,无可辩驳地已经成为世界诗歌运动的一个部分,因为这四十年的诗歌写作实践,其实就是诗歌进行交流和互动的产物,我急切地希望看到一些有见地的诗歌研究者,抓紧时间写出这方面的专著。

王雪瑛:朦胧诗出现于二十世纪七十年代末,兴盛于八十年代初,是随着中国新时期文学复苏而出现的诗歌新潮流,追求个性,寻找自我,呼唤人性的回归和真善美,反思欺和瞒与假大空,具有启蒙精神和时代意识,是一种新的诗歌表达方式和美学原则的崛起。而你也在八十年代开始了诗歌创作，朦胧诗对你的诗歌创作有过影响吗？将近四十年过去了，你对朦胧诗有着怎样的评价，朦胧诗在中国新诗百年的历史上有着怎样的意义？

吉狄马加：老一代的朦胧诗人，当然对我们这批后来的诗人是有着直接的影响的，我们开始写作的时候，正是他们最活跃的时候。现在有关朦胧诗的选本很多，特别重要的是，万夏和潇潇主编的《朦胧诗全集》和《后朦胧诗全集》，听说最近他们又把《前朦胧诗全集》也编出来了，希望它能早日出版。我看到过我的作品有近二十首被选入了上世纪九十年代初出版的《后朦胧诗全集》中。

你问我朦胧诗在中国新诗百年的历史上有着怎样的意义，我可以回答你，它不是以后，而是现在，已经成为了中国新诗史上一个重要的组成部分，就这个话题，我会专门写一篇文章。

王雪瑛：期待着你的大作。你的诗歌中有不少是向诗歌大师致敬的作品，受到你致敬的诗人有翁贝尔托·萨巴、萨瓦多尔·夸西莫多、艾青、耶胡达·阿米亥、塞萨尔·巴列霍、巴勃罗·聂鲁达、米斯特拉尔、胡安·赫尔曼、托马斯·温茨洛瓦，其中包括俄罗斯的两位著名女诗人阿赫玛托娃和茨维塔耶娃。创作这些作品，是你回望历史，瞭望世界和远方，是你吸收世界诗歌丰富的养料，也是你理解经典、梳理诗歌历史的一种方式吧？近年来哪些中外诗人的作品或者诗歌评论引起你的关注？

吉狄马加：我说过，一个诗人，是他的民族的文化养育了他，同样也是世界一切优秀的文化陶冶了他，从更严格的意义上来说，诗人就是人类伟大文明的儿子。我写向以上你说到的诗人致敬的作品，是因为这些诗人深刻地影响过我的思想、生活和写作，我在很多地方讲过这样的话，诗人是一个家族，他们生活在这个世界不同的地域，但他们是同样的人，就如同马克思曾经说过的，全世界无产者联合起来，他们在任何一个地方都能找到自己的阶级兄弟，诗人也是这样，我曾经半幽默地说过这样的话，全世界的诗人也应该联合起来，这个世界将会变得更加美好。我已经去过这个世界许多的国家，但每到一地，最重要的事情就是去拜访我最心仪的诗人的故居和墓地，谁能理解这样一种感情呢？恐怕只有诗人和真正热爱诗歌的人。

王雪瑛：是诗，让诗人们心灵相通。《致马雅可夫斯基》是你最新的力作，是什么契机让你关注马雅可夫斯基，并完成这首长诗？重新审视马雅可夫斯基的一生和他的作品，你以刀锋般的诗句，砍削了外界加在他身上的种种文化符号，袒露出他在你心里的鲜明形象，这首诗不仅仅是你对马雅可夫斯基的致敬之作，也贯注着你对诗人与时代、诗人与人民关系的考量？

吉狄马加：马雅可夫斯基是什么人？好像许多人都知道，其实他们不知道，他们所知道的马雅可夫斯基，在很长的一个时间段里，变成了一个空洞的符号，甚至是一个被歪曲了的不好的符号，从另外一个角度来讲，马雅可夫斯基被一个对他十分不公平的时代屏蔽了。任何一个了解二十世纪历史的人，特别是了解俄苏历史的人，都会明白。毫无疑问，马雅可夫斯基不仅仅是那个时代俄苏的巨人，同样也是这个世界的巨人，在近当代我还没有看见一个诗人能像他那样，在历史发生巨大变革的时候，成为预言者和站在最高处的火炬手。二十世纪法国伟大诗人路易·阿拉贡曾在自己的文章中深情地说过这样的话："是这个人改变了我的命运，让我把诗歌与大众的命运以及更广阔的社会生活联系在了一起。"俄罗斯诗人帕斯捷尔纳克、茨维塔耶娃、阿赫玛托娃等等，都对他有过很高的评价，可以说他是白银时代以来最有才华的诗人之一，今天俄罗斯诗歌界公认的二十世纪十大诗人包括曼德尔施塔姆、马雅可夫斯基、帕斯捷尔纳克和茨维塔耶娃等，我以为这个评价是客观公允的，以我个人看，就诗的恢宏度、广阔度以及语言力度，在那个时代还没有一个人能与马雅可夫斯基比肩，就是现在去读《穿裤子的云》，你仍然会被强烈震撼。说到马雅可夫斯基，其实给了我们一个启示，那就是我们阅读和了解诗人，永远不要脱离他所生活的那个时代，而对于诗人和他的诗歌本身，也必须进行完整的评价。我写的《致马雅可夫斯基》，实际上是想通过向他致敬，而写出我对我们身处的这个时代的忧虑，特别是对世界性精神整体失落的哀叹。

去年 11 月 9 日，我与俄罗斯诗人叶夫图申科有一个对话，在对话中他有一个观点我是赞成的，就是我们现在诗人的整体格局都不大、许多人只关心自己鼻子下面的那点事，而把人类的命运置之脑后，我们和二十世纪那一批大诗人相比较，最大的差距就是缺少精神高度。

王雪瑛：一位著名作家最近在谈到创作时表示，当代的资本运作对娱乐界、文化界的渗透，使得它影响今天的市场和大众精神生活的动能巨大，相比这种巨大的动能，作家在作品中关注的问题可能会显得轻微，反过来会影响作家对自身创作的判断。而诗人对中国当代诗歌的发展有着乐观的判断和心态，在二十一世纪诗歌创作已到十六年的今天，有些诗人预感到一个大的诗歌时代即将来临，你是不是也有这样的预感呢？

吉狄马加：资本和技术逻辑对人类精神空间的挤压已经是一个不争的事实，当然对文学也不例外。是不是一个大的诗歌时代即将来临，我以为这绝不取决于在人类心灵之外是不是发生了某种变化，我认为更重要的还是诗人是不是真的成为了这个时代的见证者，是不是真正成为了人类良知的代表，我历来认为这是大诗人和小诗人的区别，毫无疑问，我们这个时代需要大诗人。

王雪瑛：如果说朦胧诗时期主要是诗歌的启蒙期，二十一世纪初才进入多元化的诗歌的创作时期。诗歌进入一个相对大众化、社会化也是民主化的时代。你同意这样对中国当代诗坛过去和现状的概括吗？

吉狄马加：我不敢做这样的概括，但我可以说，任何时代的诗歌都有着它自身发展的规律，没有任何一种诗歌能脱离时代和社会生活的影响，当然我指的是整体的诗歌。中国新诗已经走过近一百年的历史，有太多的经验和教训需要我们去总结，但我们不能假设历史，更不能假设可能，在此之前该发生的已经发生了，我想最重要的是，我们要在研究方面有更多的有价值的成果。中国诗坛现在呈现出一种多元的状态，这是一个好的兆头，我相信这样继续下去，我们的诗人一定会写出更具有个性，同时也具有人类意义的作品。

王雪瑛：互联网给我们的生活带来了巨大影响，也对当代诗歌的传播产生了很大的影响，网络，加速了诗歌“草根性”的发展，大量草根诗人的诞生，就是诗歌大众化的一种注解。你读过草根诗人的作品吗？如何评价草根诗人的诗歌创作？

吉狄马加：是的，互联网的影响是巨大的，它不仅改变了许多人的阅读方式，同时还改变了许多人的生活方式。我历来认为诗的写作方式是多种多样的，我也很少把诗分成“精英写作”和“草根写作”，这本身是一个很符号性的表述，这和诗的本质毫无关系。我认为只有好诗和不好的诗之分，就所谓的“草根写作”而言，我也看到过不少非常好的诗，特别是一些打工在外的年轻诗人写的诗，他们的诗是从心灵里面流淌出来的，没有任何的矫揉造作，他们的作品有着一种强烈的内在的生命张力，比起我们经常看见的那些玩语言游戏的诗，当然我更喜欢前者。

王雪瑛：一方面是诗歌创作的大众化，一方面是诗歌审美标准的多元化，在乐观者看来是诗歌广泛地影响着当代人的精神生活，在悲观者看来是诗歌艺术水准下降。审美标准混乱，诗歌的价值和审美标准常常成为新闻热点，比如对几种诗体的争论，对草根诗人的诗歌价值的争论，你怎么看这个问题？

吉狄马加：这种争论本身没有太大的意义，我刚才说了，诗歌有许多因素，它涉及到情感、内容、形式、语言等诸多方面，但是万变不离其宗，如果诗歌离人类的心脏太远，它一定不会找到更多的共鸣者，同样诗歌如果一览无余，不是语言的艺术，它也不会给人带来玄妙的艺术享受。我们不要担心我们不该担心的那些问题，我们要更多地关注诗歌给人的心灵以及人类的生活带来了什么，这才是最重要的。

王雪瑛：我想，诗给我的心灵带来的是阳光和明亮。在全球化的语境中，如何保持民族文化的多样性，如何呈现民族文化的生命力，抵御全球化带来的由消费潮流导致的文化一体化倾向，这是值得中国当代艺术家深入探讨的命题，也是中国当代作家需要面对的挑战。作为一个诗人，你以自己坚持不懈的诗歌创作，在生命中发现诗意，在生活中提取思想；同时你被称为一个行动的诗人，大力促成多个国际诗歌交流活动，比如青海湖国际诗歌节，创立了“金藏羚羊”国际诗歌奖，让更多的人享受诗歌神奇之美，让诗歌成为心灵沟通的鹊桥，让诗歌成为文化交流的空间站。这也是你向世界呈现民族文化的生命力、呈现汉语诗歌之美的一种努力？

吉狄马加：是法国诗人达拉斯在一篇文章中第一次说我是一个行动的诗人，当然我理解这是一种对我的褒奖，也是一种鼓励。他想说的是，现在许多诗人与更广阔的社会生活联系太少，很难把自己的文化理想或者说诗歌理想，变成一种现实，近几年我在中国许多地方倡议创办了一些重要的诗歌活动，比如青海湖国际诗歌节、西昌邛海国际诗歌周等等，这些活动进一步加强了中国诗歌与世界诗歌的交流和对话。下一步，我们还会就如何对国际间的诗歌交流进行更深入、更富有创造性的提升做好筹划。

王雪瑛：你曾经说过，一个伟大的诗人，必须在精神上和思想上超越地域和民族的限制，既是他的民族优秀的儿子，同时也是人类文明滋养的世界性的公民。庞德说过，伟大的诗人是民族的触角，你觉得伟大的诗人对于民族的意义是什么？

吉狄马加：庞德的这句话，我想永远不会过时，因为任何一个诗人都不是抽象的，这就如同任何一个人也不是抽象的，诗人从降生在这个大地上那一天开始，他就已经是一种文化的产物，除非他是一个白痴。当然，诗人在自己的成长过程中，除了受到自身的民族文化的影响，他还会受到多种文化的影响，从这个意义而言，诗人是他的民族的儿子，也是人类文明的儿子。有意思的是，诗人还是语言和文字的最坚决的捍卫者，在历史上有不少诗人用双语或者多种语言写作，但是，他们可以用别的语言和文字写散文类的文章，但是写诗他们必须用自己的母语，俄罗斯伟大诗人布罗茨基，巴勒斯坦伟大诗人达尔维什都是这样的诗人。我们现在缺少真正意义上的民族诗人，“民族诗人”绝不是一个外在的符号。如果你问我谁是美国的第一号民族诗人，那我可以明确地告诉你，他就是沃尔特·惠特曼。

王雪瑛：德国汉学家顾彬对中国当代文学的小说创作感到失望，但他对中国当代诗歌的评价却很高，认为诗歌是中国文学中仅有的可以与世界对话的部分。你如何评价中国的诗歌创作在世界文学中的影响力？

吉狄马加：顾彬先生是一位著名的汉学家，同时也是一位诗人，他有权利表达自己的这样一种判断，他是否说得准确和公允，我认为每一个人都会作出自己的判断。但我想说的是，毫无疑问，今天的中国诗歌完全可以和这个世界上的任何一个国家的诗歌进行平等对话，这是事实，实际上这种情况已经有近十年的历史了。

王雪瑛：在中国文学的版图上，诗歌处于核心的区域，在儒家的经典中，也是《诗经》为首，唐诗宋词更是中国古典文学的高峰，呈现着汉语的丰赡华美，清俊绰约，五四新文学和新文化运动以新诗为滥觞，胡适率先带头创作白话诗，写下新文学的首页。光阴飞流，已近百年，“百年新诗”已成为2016年的热词之一。站在二十一世纪的今天，回望中国百年新诗，其实是从历史框架中认识中国新诗的意义与价值，从百年新诗的发展历程中，认识中国当下的诗歌创作。1917年到2016年，中国发生了沧桑巨变，中国新诗的发展映照出时代风云的变幻。回眸新诗这近百年的历史，凝望新诗在时代的岸边激起的阵阵浪花，你的内心有怎样的感慨和回响？

吉狄马加：这个题目太大，我只能用最简单的语言回答你，因为有中国伟大的诗歌传统，有近一百年来中国新诗的艰难探索和实践，未来中国诗歌的发展和繁荣将不会是一个乌托邦的幻境。我感觉就在近几年，这一代中国诗人会写出更有分量的作品，当然是沉甸甸的大作品。

王雪瑛：梳理新诗百年的发展历程，在郭沫若、冰心、胡适、徐志摩等早期新诗人的诗歌中，呈现着自由、民主、平等及个性解放等现代观念，影响着青年一代的价值观念，促进了青年一代现代意识的觉醒，推动了人们的思想解放。此后，闻一多、何其芳、卞之琳等开始强调“诗歌自身的建设”，主张新诗不能仅仅是白话，还应该遵照艺术规律，具有艺术之美和个性之美。戴望舒、李金发等则侧重对欧美现代诗艺如象征主义、意象派的模仿学习。抗日战争开始后，艾青、穆旦等在唤醒民众抗日、凝聚民族精神的同时，不忘新诗诗艺的探索。1949年新中国成立后，受苏联及东欧诗歌的影响，积极向上的抒情主义一度占据主流，后来这一方向遇十年动乱的阻断。直到七十年代末，诗歌界才又重新开始新诗的现代探索之路。我想面对这样起伏嬗变的历史，内容丰富的新诗创作，不能只是简单地认定其成功或失败，而是要思考很多命题：诗歌创作与时代风云的关系，诗人对自己的诗歌语言的寻找，对自己的美学风格的确认，诗人的精神脉络与他们对诗歌的形式探索……面对新诗近百年的发展历程中丰富的内涵和资源，你思考最多的是什么？你感受最深的是什么？哪些问题吸引着你的关注和深入思考？

吉狄马加：你已经概括性地梳理了中国新诗近百年的历史，要回答完你这样一些问题，需要一篇博士论文的内容。但我只想告诉你的是，随着国际诗歌交流的增多，我们越来越感觉到，中国诗歌必须要承接好我们伟大的古典诗歌传统，而不是人为地割裂，我们必须回到我们的语言和文字的根部去，真正体现我们诗歌中的东方美学精神，同时，我们还要处理好这种纵的继承和横的移植的关系，用更开放的心态，更宽广的视野，去融合、吸收我们需要的东西，只有这样我们才可能让我们的诗歌真正屹立于世界诗坛，这是我的期待，也是我将去努力的一个方向。谢谢你！

2016年11月13日

吉狄马加与拉茨·彼特对话录①

拉茨·彼特：你的诗歌最重要的元素是强调你的彝族归属。到底是什么样的经历，使彝族人传统成为你诗歌最重要的主题之一？

吉狄马加：不仅仅是我个人，今天的现代人似乎都处在一种焦虑的状态中，他们和我们都想在精神上实现一种回归，但我们却离我们的精神源头更远了，回去是因为我们无法再回去。回去不是一种姿态，更不是在发表激昂的宣言，而是在追寻一片属于自己的神性的天空，它就如同那曾经存在过的英雄时代，是绵绵

① 拉茨·彼特：匈牙利诗人，文学翻译，匈牙利翻译之家负责人。1948 年出生于匈牙利贝凯什乔堡市，1972 年毕业于德布列森市科舒特·拉尤什大学。现在布达佩斯的鲍洛希学院和维斯普林市的潘诺尼亚大学教授文学翻译理论。曾获厄尔莱伊文学奖、匈牙利总统金质奖章和尤若夫·阿蒂拉文学奖。著有诗集《对面而坐》《水手们的抵达》《自画像》《我希望，他们能意识到》和《关于沉睡的身体》等，翻译过德国诗人卡尔·可鲁洛、丹麦哲学家克尔凯郭尔、奥地利－以色列犹太哲学家马丁·布伯、捷克作家卡夫卡、瑞士作家克劳斯·梅尔茨、犹太哲学家所罗门·迈蒙的作品。

不尽的群山和诸神点燃的火焰，虽然时间已经久远，但它仍然留存在一个民族不可磨灭的记忆深处。我感到幸运的是，我还能找到并保有这种归属感，也就是你所说的对彝族的归属，特别是像我们这样置身于多种文化冲突中的人，我们祖祖辈辈曾有过的生活方式正在发生剧烈的改变，我的诗歌其实就是在揭示和呈现一个族群的生存境况，当然作为诗歌它永远不是集体行为，它仍然是我作为诗人最为个体的生命体验。需要强调说明的是，任何一个注重传统的诗人，特别是把书写传统作为重要主题的诗人，这种传统实际上已经成为了一种象征，爱尔兰伟大诗人威廉·巴特勒·叶芝就是一位游走在传统和现代之间的诗歌大师，把他与同时代的欧洲别的大诗人进行比较，他背靠的是一种更深厚唯他独有的文化传统，最让我称道赞赏的是，他在1893年出版的散文集《凯尔特的薄暮》就把这种神秘的元素和精神体现得淋漓尽致。从某种角度而言，把自己族群的传统作为诗歌的重要主题，我与威廉·巴特勒·叶芝是一样的，或者说在很多时候，我们既是个体的诗人，同时在很多时候，我们又是一个族群的喉咙。

吉狄马加：我想问一问，在匈牙利诗歌史上，是不是也有不少诗人，他们的写作与自身的民族文化传统有着深刻的联系？这些诗人从更广阔的政治和文化角度来看，毫无疑问是一个民族的精神符号和代言人，我以为大诗人裴多菲就是这样的人。

拉茨·彼得：匈牙利人的祖先在一千一百多年前从亚洲迁徙到现在的匈牙利地区。流传至今的最早的一份用匈牙利文撰写的珍贵历史文献，是蒂哈尼教堂的《创建公文》，距今正好一千年。

这座教堂您也参观过，坐落在巴拉顿湖畔最美丽的蒂哈尼半岛的山丘上。另外，还有一篇创作于1195年的匈牙利语祈祷文，标题是“悼辞”，二十世纪三位匈牙利大诗人，尤哈斯·久拉、科斯托拉尼·德热和马洛伊·山多尔，他们都从中得到了创作灵感，以“悼辞”为题写下了名篇，讲述别离或流亡，这很好地表明了诗人与传统的关系。因此可以看出，即便是近现代诗人，也对祖先的匈牙利传统做出应答。保存至今的第一首匈牙利语诗歌是《古代匈牙利的玛利亚哀歌》，在这首诗里，耶稣基督的母亲玛利亚为被钉死在十字架上的儿子而哭泣。虽然匈牙利第一位大诗人雅努斯·帕诺尼乌斯在十五世纪还用拉丁语写诗，但鲍洛希·巴林特在一百年后已经使用匈牙利语创作。在十九世纪，先辈们为匈牙利语的法典、戏剧、图书出版而战，裴多菲·山多尔则成为第一位享誉世界的匈牙利语诗人。在他短暂的一生里，无论是写情诗、童话诗或反应社会生活的作品，还是作为爱国者为匈牙利人民的自由讴歌，全都留下了不朽的诗作。他始终都是自由的象征，没有任何一种文学或政治流派能够把他据为己有。他是真正的天才。归功于学校教育，我们能够背诵他的许多首诗，而且会背诵一辈子，可以这么说，裴多菲和我们生活在一起。今年是比他长寿一些的同时代诗人奥朗尼·亚诺什诞辰二百周年——他也是使用美丽的匈牙利语写作的大家，也是翻译家。

拉茨·彼特：彝族神话的特征是什么？谁是这个神话的主人公，发生了什么？从中留下了什么——歌曲、童话、祈祷词？与中国其他更小或更大的原始神话有没有相关？彝语和彝族文化现在是否正在重生？

吉狄马加：彝族不仅仅在中国是一个古老的民族，就是放在世界的历史格局中，它也是十分古老的民族之一，彝族人的创世神话是这个世界上为数不多的记录过万物和宇宙诞生的经典之一，用已经使用了数千年的彝文所记录的《宇宙人文论》《宇宙生化论》等等典籍，让我们能从哲学层面和更广阔的认知领域，去认识宇宙源流和万物的诞生，我们的先人所达到的认知和精神的高度，就是今天看来，在人类历史的长河中都具有里程碑的意义，但是毋庸讳言，我们的文明史毫无疑问在发展过程中曾出现过断层，至少在很长一个阶段停滞不前，南美印第安人的文明发展史上，就出现过比我们更严重的情况，好在我们古老的文字一直延续至今，许多重要的哲学和历史典籍被幸运地保存了下来，彝族伟大的创世史诗《勒俄特依》《梅葛》和《阿细的先基》等等就是这方面的重要经典，许多用古彝文书写的珍贵典籍，需要我们有更多的古文字专家对它进行研究和翻译，可以说这些价值连城的精神和文化遗产，不仅仅属于彝族，也属于全人类。彝族是一个诗性的民族，歌谣、童话、故事以及说唱形式的诗歌浩如烟海，在婚礼、丧葬以及部族聚会的场所，都能看见各种艺术形式的表演，如同一个又一个的仪式，从这个意义上讲，我们对待生命的诞生和死亡的来临，秉持的都是一种达观、从容的价值取向，而不是用怀疑论者的态度来对待已经发生和将要发生的事情。我们的先辈相信万物有灵，一代又一代的彝族人都崇拜祖先，我们的歌谣和史诗中英雄永远处在中心的地位，在一百多年前的凉山彝族聚居区，我们还能看到类似古希腊部族时代生活的影子。彝族可以说是二十世纪以来世界各民族中经历历史变革最为剧烈的民族之一，我一直渴望有一部史诗性的长篇小说来记录这一段刻骨铭心的历史。今天的彝族作家和诗人，在全球化的背景下，其实都在更为自觉地树立和强化一种意识，那就是从我们的文化的源头去吸取营养，从而实现我们民族精神文化的又一次复兴。

吉狄马加：据我所知，匈牙利民族一方面承接了欧洲精神文化的影响，另一方面它又融合了许多别的文化，尤其是来自东方的游牧文明，特别是大约833年，马扎尔人生活在顿河和第聂伯河之间的列维底亚，开始了一段被后来的历史学家众说纷纭的迁徙和征战，总之，我个人认为匈牙利的精神气质既是西方的同时又是东方的，这种文化和精神特质是否影响了诗人的写作？

拉茨·彼得：从人类学角度说，匈牙利民族是一个非常混杂的民族，其原因有很多，我们的祖先从亚洲迁徙到现在我们定居的地方。在漫长的迁徙途中，曾跟蒙古人、突厥人、保加利亚人、土耳其人等一起长期生活，相互混杂。最终有八个匈牙利部落抵达了喀尔巴阡山盆地，那时候在这里生活着阿瓦尔人，匈奴人，斯拉夫人。我们的先民本来想继续向西迁徙，然而遇到更强悍的西欧民族的拦击，匈牙利军队屡遭挫败。为了能够在这里留下来，我们接受了天主教以巩固加强中央集权的王国统治。之后的几个世纪，先是蒙古人入侵，后是土耳其人占领，他们都在匈牙利文化中留下了痕迹：匈牙利文化吸收了多种文化的影响。在民俗方面，特别在是民间音乐里，可以发现许多来自东方、来自亚洲的影响，而且从匈牙利人的体型和面容上也可看出多方面的影响。如果我从西欧或北欧回来，我也会意识到，这里人头发的颜色、头颅的形状、体型和体态、五官分布都是那样的混杂，说不上谁是典型的匈牙利人。当然，匈牙利民族的特征是有的，然而我并不想在这里罗列。在与自己民族有关的问题上，我通常会抱着批评态度，比如说，“缺少理性的决定”，我经常从外国学生嘴里听到这样的话，他们把这个看作“匈牙利特征”，对他们来说，这显得很特别也很有趣，不管怎么讲，在他们看来是好的特征。毫无疑问，这种匈牙利思维方式或世界观也反映在文学、诗歌里，无论从哪个角度看，都不是西方的，也不是东方的，但总而言之，反映在我们最伟大的诗人身上，是粗犷的特质。

拉茨·彼特：你与彝族传统的紧密关联，是否影响你对社会、政治的兴趣和观点的形成？在匈牙利，裴多菲和尤若夫·阿蒂拉都注重于思考严肃的社会、存在的问题，即便是在写爱情的抒情诗中。

吉狄马加：任何一个诗人对社会问题的关注和思考，不可能与他的文化传统以及生活经历没有关系，但我认为这种关联往往是间接的，诗人政治观点的形成，更多的还是来自于他所置身的现实社会和人类生存状况的影响，一个真正伟大的诗人不能逍遥于现实之外，他必须时刻去思考严肃的社会、存在问题，但他们毕竟不是职业政治家，虽然他们有时候会站在政治和历史潮流的最前面，比如贵国的诗人裴多菲，在争取民族独立和自由的战场上他就是一面鲜艳的旗帜。尤若夫·阿蒂拉不仅仅在匈牙利，就是在二十世纪的所有革命诗人中，在面对现实困境和个体生命的激烈碰撞、冲突方面，他都是一个巨大的令人激动的存在，最让人万分钦佩的是他的每一首诗，即便是政治性的诗和社会性的诗都充满着生命的质感，从中可以感受到来自心脏的脉搏的律动，最了不起的是尤若夫·阿蒂拉的诗歌，不管今天被翻译成任何一种民族的文字，他诗歌本身的力量都不会被消解，我无法从匈牙利文读他的诗歌，但通过汉语的译文，他给我带来的冲击依然是强大的。如果说诗人有不同的类型，我和尤若夫·阿蒂拉毫无疑问是一个家族中的成员，我希望我的诗歌所反映的现实，就是我的民族和我个人所经历的现实和生活，在任何时候我都不可能背弃我的民族和人类去写那些无关灵魂和生命痛痒的诗。

吉狄马加：这次有幸在你的安排下访问了诗人尤若夫·阿蒂拉的故居，我个人认为他是二十世纪以来人类最伟大的诗人之一，我无法通过匈牙利语去欣赏他的诗歌，我只能通过翻译来阅读，尽管这样他的作品给我的冲击力同样是很强烈的，就此我想问你一个问题，在匈牙利现代诗人中，为什么尤若夫·阿蒂拉的先锋精神令人瞩目，就是他那些偏重社会性和政治性的诗歌，也看不出有什么概念化的东西？

拉茨·彼得：尤若夫·阿蒂拉的诗歌非常独特，但并不是二十世纪匈牙利诗歌中唯一的高峰。特殊的苦难命运，无产者的父母，贫寒，孤独，脆弱的神经系统，这些别的人也会遇到，然而在阿蒂拉身上，它们与高度的敏感和强大的表达力邂逅了。裴多菲从农民的世界，尤若夫·阿蒂拉从城市无产者生活中获得了具有决定性的重要体验。他的诗歌很难跻身于当时日益强大的具有西方色彩的布尔乔亚文学里，这一文学潮流恰恰在名为“西方”的杂志中变得羽翼丰满。在匈牙利文学里，包括在二十世纪的文学里，始终都有许多种声音，在尤若夫·阿蒂拉之前，奥狄·安德列(1877—1919)是具有强大预言能力的诗人大公，以完全另类的敏感处理既有布尔乔亚性和宗教性，但又是渎神和世俗的城市题材。从地理角度说，他走过更辽阔的世界。尤若夫·阿蒂拉则能够用更结实的绳索吊着自己潜入到灵魂的更深处——然后迷途其中。但是沉郁、悲剧性的世界观和不朽的敏感，两者都是他的特征。迷失，自我牺牲，这或许是他从裴多菲身上学来的。

拉茨·彼特：的确，通过一次诗歌节的机会，我见到了许多中国诗人。诗歌在当下中国的角色和意义是什么？在过去几十年里是否发生了变化？人们是否大量阅读诗歌？抒情诗，散文，还有戏剧在当代中国文学中是“重要”体裁吗？

吉狄马加：这恐怕是一个世界性的话题，中国诗歌所经历的发展和变化与诗歌在世界其他地方所经历的情况十分相似。诗歌在很长一个阶段经历了叙述文体对它的挤压，而近几十年来随着电视、网络的出现，人类的阅读方式也正在发生历史性的改变，这当然是不以人的意志为转移的，但是尽管这样，诗歌在中国就如同在别的国家一样，它们从未离开过我们的生活，尤其是在人类正在经历的整体的现代化过程中，资本和技术逻辑已经将人类的精神空间挤压得所剩无几，物质对人类的异化已经到了水深火热的程度。然而事物的发展总有它的两面性，或者说就是哲学上所说的物极必反，人类之所以为人，他不可能不需要健康向上的生活，不可能不在一个更高的层面去获取形而上的精神滋养，诗歌作为最古老的艺术形式之一，就是在今天它的魅力也丝毫未减。前不久从一个调查数据中看到，在当下中国，读诗的人开始极速增多，诗集的销售量就是一个重要的标志，一些好的诗集能发行五千到一万册，许多微信、微博、客户端，当然还有许多网站都在大量地传播诗歌，这说明诗歌的读者已经大大地增多，不过在这样的时候我想说的是，诗歌的存在永远有其自身的规律，我们永远不能像搞大生产那样去对待和生产诗歌，同样我们更不能认为人类没有诗歌也能活下去，如果这样，那将是人类的耻辱。

吉狄马加：在当下，匈牙利的诗人生存状况怎么样？在这次访问中，我特别注意了一下诗歌的出版情况，看样子诗歌的出版情况与中国还是比较相像的，中国不同的是人口基数大，已经有一定影响的诗人如果有了新的作品，相对来讲还是比较容易出版的，我不知道今天的匈牙利文学类出版社，给诗集的出版机会多吗？

拉茨·彼得：尤若夫·阿蒂拉的诗歌非常独特，唯一，但并不是二十世纪匈牙利诗歌中唯一的高峰。特殊的苦难命运，无产者的父母，贫寒，孤独，脆弱的神经系统，这些别的人也会遇到，然而在阿蒂拉身上，它们与高度的敏感和强大的表达力邂逅了。裴多菲从农民的世界，尤若夫·阿蒂拉从城市无产者生活中获得了具有决定性的重要体验。他的诗歌很难跻身于当时日益强大的具有西方色彩的布尔乔亚文学里，这一文学潮流恰恰在名为《西方》

的杂志中变得羽翼丰满。在匈牙利文学里，包括在二十世纪的文学里，始终都有许多种声音，在尤若夫·阿蒂拉之前，奥狄·安德列（1877—1919）是具有强大预言能力的诗人大公，以完全另类的敏感处理既有布尔乔亚性和宗教性，但还是渎神和世俗的城市题材。从地理角度说，他走过更辽阔的世界，尤若夫·阿蒂拉则能够用更结实的绳索吊着自己潜入到灵魂的更深处——然后迷途其中。但是沉郁、悲剧性的世界观和不朽的敏感，两者都是他的特征。迷失，自我牺牲，这或许是他从裴多菲身上学来的。尤若夫·阿蒂拉"想要教全体的民众，而且不止于高中水平"诗人。诗人们的预言家角色只是从上个世纪七十年代开始变得边缘、过时。

拉茨·彼特：在中国，给我留下印象最深的是在场的所有人非常优美、非常动情地齐唱为你的诗谱写的歌曲。你的诗句易于演唱吗？

吉狄马加：作为一个中国的彝族诗人，应该说我是幸运的，因为我的许多诗歌被谱写成了歌曲，许多歌曲不仅仅在九百万彝人中传唱，有的甚至传到了更远的地方。在许多彝族人的聚居区，他们常常把诗歌谱写成歌曲，可以说，因为歌曲的原因诗歌的受众被无数倍地扩大了。但是你知道，能适合被谱写成歌曲的诗歌还是比较少的，就我的作品而言，大部分作品并不适合谱写成歌曲，二十世纪西班牙最伟大的诗人之一费德里科·洛尔迦不少诗歌就被谱写成了谣曲，他有一本诗集就叫《吉普赛谣曲》，还有一本诗集叫《深歌》，其中大部分诗篇都被后来的音乐人谱成了曲，当然他的许多别的诗歌也不适合谱曲，比如他晚期的诗集《一个诗人在纽约》里的作品就很难谱曲传唱。对于一个真正的诗人而言，他的诗歌被用音乐的形式传播，我认为永远是一个副产品。

吉狄马加：在匈牙利是不是也有一些诗人的作品被作曲家谱写成歌曲？在离开布达佩斯时我买了一些匈牙利音乐家的作品，其中也有一两张是现代歌曲，我非常喜欢匈牙利音乐中抒情、辽阔而略带忧伤的情调。

拉茨·彼得：在匈牙利也有为诗歌谱曲的情况，尽管这种情况很少。谱曲的诗歌，通常需要押韵，但是匈牙利诗歌开始失去了韵脚。为孩子们写的诗是押韵的，至今如此，因为押韵的诗更容易让孩子们记住。我们有一位很伟大的诗人，沃洛什·山多尔（1913—1989），他有许多诗歌（童谣）被谱成了歌曲，无论成年人还是孩子们都喜欢听，因为他的诗歌语言丰富、多变，并有游戏性趣味。

拉茨·彼特：在中国有没有（是否曾经有过）这样的民歌，其作者并不为人熟悉，而歌词却因这样或那样的的歌曲形式存在，由于很长时间没人把它抄写下来，只是通过口口相传的形式，歌词和旋律一起存留了下来？

吉狄马加：这样的情况太多了，特别是在中国的西部，有许多经典的民歌，不知道它们已经传唱了多少年，歌词作者是谁，可以说是每一代的传唱人在不断地经典化歌词的修辞，使之不断完美到无可挑剔。中国西部有一种民歌的形式叫“花儿”，就是这样一种被千百年传唱的民歌，其中有许多精粹得无与伦比的歌词，是今天的诗人挖空心思面壁十年也很难写出来的，特别是这些歌词和旋律的天成绝配更是让人叹为观止，在我们彝族民歌中也有许多这样伟大的经典作品，如云南弥渡彝族民歌《小河淌水》以及云南红河的彝族系列民歌“海菜腔”等等，当我们今天的诗人面对这些鲜活而富有生命力的经典的时候，我们永远是谦恭的小学生。

吉狄马加：恐怕向民间的诗歌经典学习，是我们这个地球上所有的诗人都应该做的，可以想象得到匈牙利也有许多经典的民歌，作为一个诗人，你能谈谈并让我们分享你向匈牙利经典民歌学习的经历吗？我认为每一个诗人都会有这样的特殊经验。

拉茨·彼得：说老实话，当我读你写的诗歌时，我感到一点点嫉妒，你的诗歌能够那样紧密地与彝族人的传统相系。在民间诗歌里，最吸引我的是民歌，尤其是那些最具原生态韵味的民歌，在我的诗歌里，许多匈牙利音乐家，比如说大作曲家巴尔托克·贝拉（1881—1945）的作品——连同民歌的歌词——首先是作为背景出现，但民歌已经不能以直接、有力的方式出现在我的诗歌里。但是即便如此，我也从来没有觉得，这一切对我来说已经消失。

拉茨·彼得：我的中国之行途中，遇到了许多诗人和杂志编辑，感觉诗歌生活的活跃。不久前我在一份匈牙利杂志上读到了一个关于二十世纪与当代中国文学的专辑，里面也涉及到中国诗歌。其中提到“文化大革命”“朦胧诗”、《今天》杂志和之后的“第三代诗人”。你怎么看这些事件，怎么看对诗歌接受的变化和你那一代诗人？你们怎么能够让自己置身于今天的诗歌潮流之中？

吉狄马加：是的，正如你在中国亲眼看见并在文章中读到的那样，中国当下的诗歌的确十分繁荣活跃，许多地方都有不同形式的诗歌活动，特别是近年来举办国际性的诗歌活动已经成了一种常态，事实上诗歌正在返回公众的视野，阅读诗歌的人似乎也越来越多。兴起于上个世纪七十年代末八十年代初的中国现代诗歌运动，应该说已经经历了若干个发展阶段，每一个阶段都出现过一些诗歌流派和诗歌主张，“朦胧诗”的出现是中国现代诗歌运动中的重要现象，它曾引起过广泛的关注和争论，但时间过去多年后，今天的中国诗坛以及学术评论界，对其在中国诗歌史上的贡献已经有了比较公允的评价，这其中也包括对那一代一些重要诗人的评价，那一代诗人可以说是反思的一代，他们写作的旺盛期也正处在中国改革开放进行变革的前夜，他们诗歌的主题当然会涉及到各种各样的内容，有些诗歌也涉及到了“文革”，需要说明的是有关“文革”的问题，中国执政党曾通过一个重要会议作出过正式决议，认为“文化大革命”是完全错误的。至于“第三代诗人”，那也是现在中国诗坛上比较活跃的中坚力量，如果不狭隘地对这一代诗人划定范围，应该说我这个年龄段的重要诗人，都可以被列入这个名单。生活在每一个历史阶段的中国诗人，都不可能置身于现实之外，许多诗人都是这些重大事件和诗歌运动的参与者、实践者和见证者，令人欣慰的是，现在的一些诗歌评论家和文献研究者，已经开始对我们经历过的这些重大事件和诗歌运动进行客观理性的研究，我相信下一步会有许多重要的学术研究成果呈现给大家。我历来认为中国现代诗歌的发展，其实就是现代世界性诗歌运动的一个部分，我同样期待着从中外诗歌比较研究的角度，去对中国现代诗歌的发展和流变做出另一种维度的评价，我以为这会进一步扩大研究者和阅读者的视野。

吉狄马加：在这个对话就要结束时，我想利用这个机会最后再问你一个问题，在巴拉顿湖边的翻译之家，你已经亲自组织了许多成功的翻译活动，我想有许多经验可以跟我们分享，因为从今年下半年开始我兼任院长的鲁迅文学院将举办“国际写作计划”，每一次将邀请十余位外国作家翻译家来该院，每一期的时间大概两个半月，你能给我提一些可供参考的建议吗？

拉茨·彼得：的确，在我们的翻译之家，十五年里举办了各种各样的研修班，参加研修的主要是文学翻译。但经常也会有作家和诗人前来参加，作家诗人们与文学翻译们面对面地交谈，帮助他们理解作品的原文。文学翻译和原作者可以一起就文字的理解进行沟通。有必要为文学翻译们分别组织研修班，文学翻译们可以相互讨论所遇到的问题和恰当的译文风格。最好让文学翻译们事先得到将要翻译的文字，在研修班上只讨论问题。在这样的研修班上，我们也经常请来文学研究者和编辑，他们可以向文学翻译们介绍作家和作品所涉及到的文学时期（比如，汉学家为中译匈的学员授课，匈学家为匈译中的学员授课），讲述具体或一般性的文化主题。文学翻译们不仅围绕译文进行研讨，而且还可以做无拘无束的交流，听主题演讲。这样的讨论、交流和主题演讲会对翻译工作有很大帮助。如果请来出版社或文学杂志的编辑，他们则会通过提出实用性的建议来帮助文学翻译们的工作。如果男性和女性作家或翻译一起进行研讨，会使气氛更加活跃，工作更有成效。假如作家不自以为比翻译“更聪明”，那会是件幸运的事。每次参加活动的人数不能太多，最多六至八人，这样工作起来效果会更加显著。

2017年5月22日，布达佩斯

我不写远离人间烟火的诗

——答《人民日报》记者张健问

近日，在罗马尼亚首都举办的第八届布加勒斯特国际诗歌节上，中国彝族诗人吉狄马加荣获2017年度布加勒斯特城市诗歌奖。这位来自四川大凉山的著名诗人，在答谢词中表达了他对于诗歌的坚定信念："我相信诗歌将会打破所有的壁垒和障碍，站在人类精神高地的最顶处，用早已点燃并高举起的熊熊火炬，去再一次照亮人类通向明天的道路！"

吉狄马加于上世纪八十年代步入诗坛，其以诗集《初恋的歌》斩获中国第三届新诗（诗集）奖时，年仅二十五岁，可谓年少成名。他的诗作植根于彝族的深厚文化之中，又具备一种广阔的世界意识，他用抒情色彩极浓的诗句，传递着自己对于自然、生命的真切认知，他是一位特征鲜明的诗人。近日，记者对吉狄马加进行了专访。

记者：您曾说"诗歌是您永恒的归宿"，请问您是怎么与诗歌结缘的？诗歌对于您一生的意义是什么？

吉狄马加:我说诗歌是一种永恒的归宿,那是对于一个诗人而言的,因为在这个世界上,对许多人而言,诗歌可能就是一种宗教,我以为一个真正的诗人,如果对诗歌没有一种全身心的热爱和投入,他就不可能写出真正意义上的好诗,这是一个前提,也是一个诗人必须具备的品质,当然这也是诗歌在精神领域的地位所决定的。我很难去回答我是怎么与诗歌结缘的,这就如同我很难回答我是如何与太阳、群山、河流、土地以及与我们的生命发生联系的一切是如何结缘的一样,我只能告诉你是诗歌选择了我,同时我也选择了诗歌,应该说还在我少年的时代,当我长时间地遥望着一望无际的群山,可以肯定就在那个时候,诗歌的种子就已经被埋进了我的心灵。诗歌已经成为了我生命中不可分割的部分,不用怀疑,它将伴随着我走到生命的尽头,我选择诗歌写作这样一种方式,来与这个世界和人类进行精神层面的沟通,那是因为这样一种方式更适合我。

记者:您是著名的彝族诗人,彝族是一个诗性的民族,彝族的民族文化对您的诗歌创作产生了什么影响?

吉狄马加:是的,正如你说的那样,彝族的确是一个诗性的民族,我们许多历史典籍,包括人文、历史、天文、地理、经书等等,很多都是用诗歌的方式书写的,彝族还是这个世界上留下创世史诗最多的民族之一,古老的彝族文字已经有数千年的历史,“十月太阳历”是人类文明史上最重要的标志之一,同时在彝族历史上,叙事抒情诗的传统更是源远流长,这其中的经典长诗《妈妈的女儿》《我的幺表妹》《呷玛阿妞》等更是被广泛传播,毫无疑问,作为一个诗人，首先是民族诗性的现实和精神生活养育了我，同时我的诗歌营养还来自于中华多民族丰富多彩的伟大的诗歌传统，当然作为一个面向世界的诗人，可以说许多不同民族和国度的优秀诗歌，也对我的诗歌写作产生了深刻的影响，我非常赞同俄国诗人约瑟夫·布罗茨基的一个观点，那就是：任何一个真正意义上的诗人，应该都是人类文明养育的儿子。

记者：您在访谈中曾谈到，很多民族人口很少，处于主流文化的边缘，但却常常产生世界级的作家。现在看来您自己也属于这种情况，能否分析一下产生这种文化现象的原因？

吉狄马加：二十世纪后半叶以来，确实有许多不处在所谓文化中心的作家、诗人被这个世界所瞩目，比如上一个世纪拉丁美洲的魔幻现实主义文学，非洲法语区和英语区的文学，加勒比海太平洋地区的文学等等，因为一些具有世界影响的大诗人、大作家的出现，彻底地改变了世界文学的格局，这其中有许多代表人物，比如智利的聂鲁达，哥伦比亚的马尔克斯，墨西哥的胡安·鲁尔福、帕斯，古巴的卡彭铁尔，阿根廷的科塔萨尔、博尔赫斯，尼加拉瓜的卡德纳尔，秘鲁的巴列霍，尼日利亚的阿切贝、索因卡，塞内加尔的桑戈尔，马提尼克的艾梅塞泽尔等等，总之有一大批，在这里我不可能一一列举，我以为最重要的是这些作家和诗人都承受着多种文化的影响，同时在他们的身上也承受着多种现实和文化的冲突，从某种更特殊的角度来看，正因为他们所面对的地缘的、政治的、文化的、宗教的、生活的现实，才让他们的创作具有一种强大的张力和力量。这个现象并不是孤立的，在这个多元文化共存的世界上，已经是一个不争的事实和存在。

记者：授奖词中说您的诗歌“有一种广阔深刻的世界性”。您是如何让自己的诗歌体现这种世界性的？我们知道您获得过很多与诗歌有关的国际荣誉，而您同时又是一位民族特色很浓郁的诗人，请您谈一谈诗歌中世界性与民族性的关系。

吉狄马加：这个问题有许多记者和朋友都问过我，刚刚过世的俄罗斯二十世纪以来最伟大的诗人之一叶夫图申科曾说我的诗歌是“拥抱一切的诗歌”，我喜欢这个评价，但是诗歌的民族性和世界性对于诗人而言首先不是一个概念，他必须通过他的作品去体现，没有所谓的没有前提的世界性，同样，也只有在诗歌中精湛地呈现出的民族性，在这里我认为把它称为民族诗性的审美特质要更准确一些，也只有这样，这些诗歌才可能具有世界性的价值，才能被更广大的人群所接受和认可。在中国诗歌史上，李白、杜甫就是这样的诗人，在美国诗歌史上惠特曼、弗罗斯特就是这样的诗人，在俄罗斯诗歌史上普希金、莱蒙托夫、勃洛克就是这样的诗人，在捷克诗歌史上马哈、赛弗尔特就是这样的诗人，在爱尔兰诗歌史上叶芝、希尼就是这样的诗人，在黑非洲诗歌史上桑戈尔、艾梅塞泽尔就是这样的诗人……我无法再例举下去，因为这个名单会很长，总之，这些诗人都在诗歌中出色地体现了民族性和世界性。

记者：每个诗人都有自己的精神资源与写作领域。能否谈一谈您的精神资源与写作领域？您成为著名诗人的“奥秘”是什么？

吉狄马加：我的诗歌很重要的一个写作背景，就是我们彝民族数千年的精神文化，当然这其中既包含了我们对事物的价值判断，同时也包含了我们独特的诗歌美学精神。应该说作为诗人我是幸运的，因为我生活在一个有着伟大诗歌传统的民族中，诗歌在我们的生活中无处不在，我们的史诗、格言、箴言、抒情短歌以及独特的说唱诗歌“克则”，已经成为了我们现实存在中必不可少的重要内容，我的大量诗歌所写的就是我们民族的心灵史和梦幻多彩的现实生活，但是在这里需要说明的是，我从不在写作领域上限制自己，因为诗歌从它诞生那天起就不是封闭的，它应该是开放的、不狭隘的，尽管诗歌从来就不缺少它所独有的象征、隐喻、超验以及神秘性，无可讳言，任何一个民族的诗歌都是它们语言中的“黄金”和“盐巴”。我不知道我成为诗人的“奥秘”是什么，但我可以告诉你，是我心灵的手杖和语言的舌头被另一种我们姑且称之为“创造”的力量所掌握，这或许就是你所说的那种“奥秘”。

记者：作为一位著名诗人，您认为诗歌最重要的品质是什么？什么样的诗歌最有可能沉淀为经典之作？您的众多诗篇中，您最为看重的是哪些作品？

吉狄马加：在今天这样一个同质化写作现象十分普遍的现实面前，诗歌最重要的品质仍然是朴素和真切，它的来源只能是人类的心灵，而永远不是那些假大空的东西，我们的诗歌离人类的心灵越近越好，而远离人类心灵的东西可以肯定与好的诗歌没有关系。诗歌经典不是由某个批评家鉴定的，而是要靠漫长的时间沉淀和一代又一代的读者选择的，至于我个人的作品，在不同的历史阶段所涉及的内容也是不一样的，包括在艺术形式上也在不断地探索和变化，很难说我更看重哪些作品，但是有一点可以告诉你和读者，我不会写违背我心灵和远离人间烟火的诗。

记者：您曾经邀请多国诗人到青海参加“国际诗人帐篷圆桌会议”，会议的主题就是“诗人如何在物质主义时代对抗精神困境”。对这个问题，您能否谈谈自己的思考？

吉狄马加：物质和精神是永远不可分割的两种存在，人类不可能在没有物质基础的条件下进行精神文化创造，但过分地强调物质的作用，特别是过度地挥霍物质和资源，物质主义被技术和资本逻辑推到极致，不可避免地会让人类又一次深陷于精神困境的泥沼。需要说明的是，越是在这样一个全球化的背景下，我们越应该关注人类的精神生活建设，因为任何一个文明的社会，构建健康、向善、向美、更富有人性的精神环境，是每一个社会个体的责任，当然更是每一个更为敏感的诗人的责任，诗人必须时时刻刻站在人类精神世界的高地上，举起他手中的火炬，去照亮更遥远更漫长的征途。不能说诗人是先知先觉者，但任何一个时代的伟大诗人，他不仅能拨响动人心魄的“口弦”，同时他还应该是无与伦比的真正的号手。

记者：在国外的诗歌中，对您影响最大的是不是俄苏的诗歌？哪些诗人对你的影响最为深刻？他们带给您什么样的启发？

吉狄马加：从五四运动以来，中国新诗的写作主要就来自于两个方面的影响，一个是中国源远流长的古典诗歌，另一个方面就来自于外国的翻译诗歌，中国当代诗人的写作，也受到这两个方面的影响，当然我也不例外。俄苏诗歌对我有影响，主要是俄罗斯黄金时代的诗歌和白银时代的诗歌。我在一篇访谈中曾经说过这样的话：是在阅读普希金诗歌的时候，我从心里开始萌发这样一个想法，那就是我要当一个诗人。不仅仅是俄苏的诗歌影响过我，西班牙语系的诗歌，特别是巴勃罗·聂鲁达、费德里科·加西亚·洛尔迦、奥克塔维奥·帕斯和塞萨尔·巴列霍都深刻地影响过我，美国黑人诗人兰斯顿·休斯，牙买加黑人诗人克劳德·麦凯，当然还有许多东欧人口较少的民族的诗人，他们的作品也对我产生了极大的影响。如果说阅读这些外国诗人的作品给我带来过什么样的启发，那就是他们让我从诗歌的角度看到了一个更为广阔的世界，特别是那些人口较少的民族的诗人所取得的世界性的成就，毫无疑问给我确立了光辉的榜样，同时也树立了我的自信。

记者：在您看来，这是不是一个诗歌的时代？上世纪八十年代确实是一个诗歌的年代，现在似乎一些曾经的优秀诗人不再写诗歌了。

吉狄马加：我认为任何一个时代都不会缺少诗人，但毋庸讳言，诗歌的繁荣也有着其自身的规律，社会的变革、历史的变迁以及生活的改变，都会直接或间接地影响诗人的写作，中外诗歌史都存在这样的现象，诗歌的发展和繁荣有时候与它所处的时代是对称的，但很多时候却又是相悖的。许多人把上世纪八十年代称为诗歌的年代，事实上也是这样，因为在那样一个年代诗歌所起的作用，远远大过了诗歌所承担的一般性作用；而在那个年代诗歌在社会上的被关注度，可以说超过了别的任何一种艺术形式。那个年代许多优秀的诗人，有的去从事别的社会职业了，但有的仍然还在坚持写作，最为可喜的是，这一代诗人对后来的写作者产生了极为重要的影响。

记者：诗歌究竟有没有用？请谈谈您的看法。

吉狄马加：如果要靠诗歌来直接地改变我们的时代和生活，是不可能的，诗歌承载不了这样庞大的责任，但诗歌却能见证、记录不同的时代，它会给不同年代的人民带来心灵的慰藉和语言所能创造的最神奇、最动人、最美好、最玄妙的享受。诗歌当然有用，我认为这也是人类区别于别的动物最不同凡响的地方，我曾经说过这样的话，诗歌是人类活着并存在下去的理由之一。

记者：能否分析一下当前国内诗歌创作的成就与不足。

吉狄马加：这个话题应该留给诗歌评论家去谈，但我想说的是，我们今天仍然缺少更多的关注人类命运的诗歌，碎片化的写作似乎成了许多诗人写作的一种常态，我认为最重要的是，诗人的作品首先应该是个体生命体验的表达，其主观性、个体性当然应该得到充分尊重，但是如果你的作品，与他者与更多的读者不能产生精神和心灵的共鸣，那么你的作品就不会具备更为深刻的被大多数人接受的思想和艺术价值。即使是在世界诗歌史上被认为最为深奥的那些小众诗人，如葡萄牙的费尔南多·佩索阿，西班牙的安东尼奥·马查多，秘鲁的塞萨尔·巴列霍等等，他们的作品也都是把诗人的个体生命体验和人类的精神生活现实完美结合的典范。前几年叙利亚诗人阿多尼斯就曾经告诉我，我们这个时代仍然缺少像马雅可夫斯基这样的诗人，的确，这个现象值得我们思考。

记者：中国新诗百年，最大的成就是什么？在这一百年里，哪些诗人、诗篇、诗论是您最为看重的？

吉狄马加：这是一个大题目，用一两句话无法说得全面、准确。我认为中国新诗这一百年最大的成就，就是诗歌从未在我们民族的生活和历史中缺席，它一直伴随着我们的苦难和辉煌，最为重要的是在每一个历史转折的关头，中国诗人和中国诗歌都表现出了极大的勇气和良知，不同风格不同艺术追求的诗人都留下过足以让我们自豪的篇章；中国新诗的写作，还为进一步促进我们民族现代语言的成熟和丰富做出了重要的贡献。郭沫若的《女神》，艾青的《北方》《大堰河——我的保姆》，穆旦的《探险者》，冯至的《十四行集》，卞之琳的《十年诗草》等等，这个名单很长，我不可能在这里都说出来，在纪念中国新诗一百年的当下，我们应该向这些前辈诗人和他们的经典之作致敬。

记者：您觉得新诗今后会朝哪个方向发展？您对新诗的寄望是什么？

吉狄马加：中国新诗的发展固然有其自身的规律，但我想最重要的一点就是我们的诗人永远不能脱离我们的时代和生活。中国新诗的写作不能割断我们与已经延续了数千年的古典诗歌传统的联系，我们必须从更深的精神源头去接续伟大的中国古典诗歌，我们还应该从语言本身去发掘中华诗歌所独有的美学特质，面对今天更为广泛的世界诗歌对话和交流，我们一定要树立中华诗歌的美学坐标，只有这样，中国的新诗写作才可能成为世界诗歌格局中一个重要的不可被替代的部分。我相信，在无数优秀中国诗人的共同努力下，中国诗歌将迎来一个产生奇迹并一定会产生奇迹的时代。

2017 年 6 月 8 日

让诗歌浸染灵魂的光辉

——答《人民日报》海外版记者问

记者:您的诗歌扎根于彝族的传统,同时也走向了世界。文学越是民族的越是世界的,但民族的必须有世界性才能走向世界,您如何处理诗歌的民族传统与现代性和世界性的关系?

吉狄马加:诗歌民族性和世界性的关系,实际上是一对既清楚而又含糊的关系,就语言而言,在每一个民族中诗歌都是其语言的“宝石”和“盐巴”,或许从某种意义上来说,诗歌的翻译是一件非常困难的事,但尽管这样,我们还是要在跨语言中完成诗歌的再创造,这就是所谓翻译给我们带来的惊喜和奇迹。每一个诗人,特别是有着深厚精神文化背景的诗人,传统对他的影响可以说是无处不在的,传统就像人必须呼吸的空气。但我们必须承认,在这个星球上,人之所以是人,毫无疑问他们会有许多共同的情感,作为人类,还必须面对许多共同的问题,虽然诗歌永远是个体生命的一种折射,它还是诗人面对内心宇宙以及外部无限空间时最为独立的表达,但是无论怎样,诗歌要被传播到更远的地方,它必须具备一种特质,那就是它能与无数陌生的心灵在相遇时产生共鸣，诗歌的世界性其实就是诗歌离开诗人后所创造的奇迹。有人说，世界上只有两种诗歌，一种是写得好的诗歌，另一种就是写得不好的诗歌，但我要说的是，同样也还有两种诗歌，一种是通过努力可以翻译的诗歌，另一种基本上就是不可被翻译的诗歌——这种诗歌从文本的存在来讲，读者很难进入，一些诗评家往往把这类诗称为“天书”，需要强调的是，这个世界有一类诗歌，无论在哪一种语言中，都会呈现出它的品质和经典性，比如西班牙诗人洛尔迦就具备这样的特点，我还在年轻的时候，就把他视为真正的榜样。

记者：您写诗主要受哪些诗人的影响？

吉狄马加：这个名单如果写下来会很长，但我可以告诉你，俄罗斯诗人普希金是第一个深刻影响我诗歌写作的人，他让我明白了一个道理，这个道理直到今天也受用，那就是对自由、光明和正义的赞颂，对弱者和不幸的人们的同情，诗人不能只面对自己的内心和世俗的生活，他还应该关心大众的生存状况和命运。美国黑人诗人兰斯顿·休斯让我学会了重新认识自己民族的文化和传统，他的作品是英语诗歌中最忧伤、最朴实而又最精致的代表之一，但非常遗憾，在中国，他的诗歌被翻译的篇什不少，但还没有一个有分量的合集出版，我期待着翻译界能有人去完成这项美好而崇高的工作。

记者：今年是新诗诞生百年，百年新诗走过了不平凡的历程。有人说新诗与古典诗歌之间是断裂的关系，您曾说过新诗和古典诗歌血脉相连，为什么说是血脉相连？表现在那些方面？

吉狄马加：新诗与中国古典诗歌从文字和语言的变化来看，它们并不存在真正意义上的断裂，正如中国古代汉语和现代汉语，它们的内在联系无论如何也是割不断的，我们很少有人从文字和语言的角度去提出问题，因为这才是最重要的，另外，中国古典诗歌的审美传统，或深或浅地都会体现在中国新诗的创作中，闻一多不用多说，就是深受英美诗歌影响的卞之琳、戴望舒等，在其不少作品中都可以看到只有东方诗人才会营造的意境和情调，纯粹的英美诗人是写不出这样的诗的。这需要我们的诗评家和研究者去做更深入的研究。

记者：您认为新诗在借鉴古典诗歌时应如何取长补短？

吉狄马加：我不是给诗歌看病的“医生”，我无法开出一个令所有的人都满意的药方，但我可以告诉你一个非常好的情况，现在中国许多写新诗的诗人，他们在阅读经典诗歌时，把中国古典诗歌的分量加得很重。在近十多年，随着国际诗歌交流的增加，许多优秀的诗人意识到，任何一种诗歌，都不可能不与自己的语言传统和诗歌传统产生更为隐秘的续结，与外来诗歌相比较，这种续结才会让我们变得更自信、更深厚、更优越。

记者：您说过回顾新诗百年发展历史时，要重视少数民族诗歌的突出贡献，有哪些突出贡献？

吉狄马加：中国是一个多民族的国家，每一个民族都有着自己的诗歌传统，中国新诗百年中，当然也有许多杰出的少数民族诗人，在不同的历史阶段写出过不少具有经典意义的作品，可以说这些作品是中国新诗宝库中不可分割的部分。当然需要讲清楚的是，中国少数民族诗人一部分是用汉语写作，还有一部分是用他们的母语写作。用汉语写作的少数民族诗人由于他们大多跨越于两种语言和文化之间，他们虽然是用汉语创作作品，但他们的作品却有着独特的诗歌思维以及不同于他人的表达方式，无论是在诗歌内容、形式还是语言等等方面，他们的贡献都是极为突出的。

记者：中国新诗近年来获了不少国际奖，您也获过奖，您的诗歌被译成近三十种语言，在五十余个国家或地区出版发行，这是否意味着新诗已走向世界，得到国际认可？新诗走向世界还需做哪些努力？

吉狄马加：这个话题我很难去做更多的回答，我在国际上获得过不少奖励，许多国家翻译出版过我的诗集，但我并不认为我的诗歌产生了真正的世界性的影响。就是在它产生了属于诗歌本应产生的影响时，这种影响在一个物质主义的时代也是极为有限的，诗歌承担不了它无法承担的责任和义务，但是这个世界不能没有诗歌，如果有一天这个世界已经没有诗歌了，那我们的生命还有什么意义呢？我们只有把自己的诗写得更好，让我们的每一个词语都浸染着灵魂的光辉，我们也才有可能在这个世界找到久违的知音。在这方面我们别无他途，只能通过我们的作品去说话。

2017年6月28日